Tahar Ben Jelloun

Die Früchte der Wut

Roman

Aus dem Französischen von
Christiane Kayser

Berliner Taschenbuch Verlag

FSC
Mixed Sources
Product group from well-managed forests and other controlled sources
Cert no. SGS - COC - 2061
www.fsc.org
© 1996 Forest Stewardship Council

Deutsche Erstausgabe
Februar 2007
4. Auflage Oktober 2010
BvT Berliner Taschenbuch Verlags GmbH, Berlin
Die Originalausgabe erschien 1996 unter dem Titel
Les raisins de la galère
bei Librairie Arthème Fayard, Paris

Umschlaggestaltung: Rothfos & Gabler, Hamburg,
unter Verwendung einer Fotografie von
© Buzz Bailey/Getty Images
Gesetzt aus der DeepdeneBQ durch psb, Berlin
Druck und Bindung: Clays Ltd, St Ives Plc
Printed in Great Britain
ISBN 978-3-8333-0491-0

www.berlinverlage.de

Der Mann meiner Schwester ist ein echter Kerl, ganz nach dem Geschmack der Araber. Selbstsicher, selbstzufrieden, am liebsten lässt er sich bedienen. Seine Ehefrau ist zugleich seine Dienstmagd.

Ich war zehn, als Kader meine älteste Schwester heiratete. Ihren Hochzeitstag habe ich in schlimmster Erinnerung. Auch in meinem Leben war es ein entscheidender Moment. Die Eltern hatten mich beauftragt, das Laken zu holen, auf dem meine Schwester ihre Jungfräulichkeit verloren hatte. Damals hatte ich Elfenhände und das Engelsgesicht eines braven, höflichen Mädchens, das nichts sagt und alles tut, was man ihm aufträgt.

Ohne große Anstrengung war ich Klassenbeste. Doch wenn ich sagte, dass ich später mal Mechanikerin werden wollte, schrie meine Mutter und rang die Hände. Sie war sicher, dass uns die Nachbarin verhext hatte, weil ich im Gegensatz zu ihren Kindern gut in der Schule war.

Ja, ich träumte davon, Mechanikerin in einer großen Werkstatt zu sein, im Blaumann würde ich die herumlungernden Männer zur Arbeit antreiben. Es war ein schöner Traum. Ich war voller Schmiere und Ruß, mein Kopf steckte unter der Motorhaube einer großen Limousine und ich atmete Benzin und Auspuffgase ein. Ich war aber auch die Einzige, die die Schönheit dieses Traumes würdigen konnte.

Mein Vater sagte: »Du entscheidest, was du tust. Um dich muss ich mir keine Sorgen machen. Du bist besser als deine Brüder, die meinen, sie könnten sich alles erlauben, seit man ihnen gesagt hat, sie seien Männer. Ich vertraue dir. Mach was du willst, aber komm nachher nicht heulend zu mir angelaufen.«

Ich und heulen? Lieber schlage ich mir den Kopf an der Wand ein.

Ich muss euch von meiner schlimmsten Erinnerung erzählen. Stellt euch ein ganz in Weiß gekleidetes Gör vor, das leise an die Tür der Neuverheirateten klopft und wartet, dass sie aufwachen, damit es das blutbefleckte Laken an sich nehmen, es, wie man es ihm beigebracht hat, falten, auf ein Tablett legen und dann damit zu den anderen zurückkehren kann, als Beweis, dass seine Schwester vor ihrer Hochzeitsnacht mit keinem anderen Mann geschlafen hat. Ich war zehn und fühlte mich steinalt. Alt und hässlich. Nicht eben stolz. Warum war ich für diese Aufgabe auserkoren worden? Klassenbeste, brav und naiv … Ach, hätten meine Eltern doch nur einmal in meine Nächte eintreten und an meinen haarsträubenden Träumen teilhaben können! Doch es wäre ihnen niemals in den Sinn gekommen, dass ihr kleines Mädchen Fantasie haben könnte.

Langsam ging ich durch den Hof unseres Hauses in Resteville. Das Tablett trug ich auf den ausgestreckten Handflächen vor mir her. Die Frauen stießen durchdringende Jubelschreie aus, als hätten sie das Antlitz des Propheten erblickt. Ich motzte innerlich, ohne es mir allzu sehr anmerken zu lassen. Meine Aufgabe brachte ich zu Ende, brütete aber bereits Vergeltungspläne aus.

Als Kader gegen zwei Uhr nachmittags mit stolzgeschwellter Brust ob seiner Glanztaten auftauchte, begrüßten ihn die Frauen wie einen Befreier. Für sie war er ein Held, ein Retter, der die Familie vor Schande bewahrt. Alles in allem war jeder zufrieden. Außer mir und meiner Schwester.

Ich nutzte die Gelegenheit und ging zu ihr. Sie weinte und klagte über Bauchschmerzen. Die Blutungen hatten lange angedauert. Je mehr Blut er sah, desto selbstzufriedener wurde Kader. Er hielt es für einen Beweis seiner Männlichkeit. Ich habe es euch ja schon gesagt: Er ist ein Bilderbucharaber.

Ich habe meiner Schwester beim Waschen geholfen. Meine Hand glitt über diesen jungen frischen, knapp sechzehnjährigen Körper, der die ganze Nacht lang von einem Grobian gequält worden war, der vorher nur mit breitärschigen Nutten gevögelt hatte. Ich habe meine Schwester wie eine Prinzessin herausgeputzt und ihr versprochen, dass wir beide eines Tages nach Vancouver abhauen werden. Das ist eine Stadt am anderen Ende der Welt, wo es viel schneit und Leute wie Kader nicht geduldet werden. Sie hat ihre Tränen getrocknet und wir haben das Brautgemach verlassen, fest entschlossen, das Blut und die Tränen zu vergessen und eines Tages zumindest einen unserer Träume zu verwirklichen.

Die Neuvermählten wohnten bei uns. Unser Haus war geräumig. Kader ging auf Arbeitssuche. Meine Schwester war bereits schwanger. Unaufhörlich überschwemmte meine Mutter sie mit Ratschlägen. Mutter ist sehr abergläubisch, ich weiß auch nicht, wo sie diese Krankheit aufgegabelt hat, doch sie sieht überall Unheilbringendes. Alles Mögliche war uns deshalb verboten: Im Haus durften wir nicht pfeifen, denn das rief anscheinend die Todesengel herbei, die den Erzengel Gabriel auf seinen Fahrten begleiten. Dienstags durfte niemand reisen, denn ihrer Meinung nach hatte der Prophet den Dienstag verflucht. Der Beweis: Mein Großvater war an einem Dienstag von einem Skorpion gebissen worden, meine Tante hatte ihren Gatten an einem Dienstag bei einem Unfall verloren usw. In der Teekanne durften Absinth und Minze nicht vermischt werden, denn das schafft Streit in der Familie. Über schlafende Kinder durfte man nicht hinwegsteigen, junge Mädchen durften sich die Haare nicht kurz schneiden und auch keinen Kaugummi kauen; auf dem Klo durfte nicht gesprochen, mit der linken Hand nicht gegessen, kein Salz von einer Hand in die andere gereicht werden. Nie durfte jemand sagen, alles sei in Ordnung, die Kinder seien bei guter Gesundheit, kämen gut in der Schule voran usw. usw.

Ich kannte diese Verbotslitanei auswendig und tat mehr oder weniger, als hielte ich mich daran. Zwischen meiner Mutter und mir klaffte in Wahrheit ein solcher Abgrund von Ignoranz, dass ich nicht mit ihr diskutieren konnte. Hinzu kam, dass man manche Worte auf keinen Fall aussprechen durfte. Benutzte man sie doch, verbrannte sie Weihrauch und flehte imaginäre Engel an, den bösen Blick von unserem Haus fernzuhalten. Ich zog es deshalb vor, mich mit meinem Vater zu unterhalten. Er jedenfalls konnte sich mich gut als Mechanikerin vorstellen. Er gängelte mich nicht, verfolgte aufmerksam, was ich sagte und tat. Wie ich, konnte er Kader nicht ausstehen. Seiner Meinung nach wäre meine Schwester heute glücklicher, wenn sie die Schule hätte abschließen können. Eigentlich hatte sie Ärztin werden wollen, um unserer Mutter zu beweisen, dass ihre Vorurteile keine Grundlage hatten.

Meine Mutter brauchte ihre Wundermittel, um ihre acht Kinder großzuziehen. Sie sagte: »Ich habe acht Kinder und hatte drei Fehlgeburten.« Als Kind dachte ich, Fehlgeburten seien missratene Kinder, die sie irgendwo versteckte. Eines Tages bat ich sie, mit mir meine Brüder oder Schwestern aufzusuchen, derer sie sich entledigt hatte. Sie lachte schallend und erklärte mir, sie habe sie verloren, als sie noch in ihrem Bauch waren. Ich habe ihr nicht wirklich geglaubt.

Ein anderes Mal habe ich sie zu einem Besuch bei den Vettern in Sarcelles begleitet. Das ist eine Großfamilie, der es nicht besonders gut geht. Dort sah ich ein Kind mit einem großen Kopf und gehetzten Augen, das wie ein Bettler allein in einer Ecke hockte. Ich habe meine Mutter gefragt, ob das eine Fehlgeburt sei. Sie hat mich bis aufs Blut gekniffen und mir befohlen zu schweigen. Die Tante hatte meine Frage gehört und sagte: »Leider hat Gott nicht gewollt, dass es eine Fehlgeburt wird! Ach hätte ich das Kind doch nicht bei Vollmond an einem Dienstag zur Welt gebracht!«

Seither habe ich lügen gelernt, um meine Mutter nicht zu verärgern. Wenn ich an all die Geburten denke, stelle ich sie mir wie eine Kinderproduktionsmaschine vor. Das Schlimmste ist: Sie war es, die zwölf Kinder haben wollte! Mein Vater hatte ihr vorgeschlagen, die Pille zu nehmen, doch sie war dagegen: »Die Religion verbietet das.« Sobald er etwas von Religion hörte, lief mein Vater zum Kühlschrank und holte sich ein Bier. Damit trank er sich Mut an, um meiner Mutter zu antworten, wenn sie Gott und die Propheten anrief. Ich aber lachte. Ich mochte den Biergeruch nicht besonders, aber es gefiel mir, wenn mein Vater Bier trank.

Mein Vater war ein feiner Mensch. Sein ganzes Leben lang hat er gearbeitet. Er erinnerte sich noch genau an den Tag, als er bei Renault angefangen hatte, als Ersatz für seinen Vater, der krank geworden war. Es war an einem regnerischen Montag. Er war aufgeregt und hatte deshalb ständig Druck auf der Blase. Er war noch keine zwanzig und richtig stolz darauf, in der Fabrik zu arbeiten. Der Unternehmensleitung passte es übrigens gut in den Kram, ihn einzustellen und den Alten auszurangieren.

Mein Großvater war erst fünfzig, aber er wirkte viel älter. Er kehrte zurück in sein Kaff, nach Tadmaït bei Tizi Ouzou. Das Dorf hieß das »Feldlager des Marschalls«. Alle Häuser waren weiß getüncht. Der Alte schlief dort den ganzen Tag. Frankreich hatte ihn ausgelaugt. Die Kälte, die in seinen Körper eingedrungen war, hatte ihn von innen aufgefressen. Der Großvater war bereits vor langer Zeit verstummt. In seinen Augen spiegelte sich eine unergründliche Trauer.

Ich war auch einmal in dem Kaff, zusammen mit meinem großen Bruder Arezki. Da war ich dreizehn. Arezki hätte mein Vater sein können und ich respektierte ihn dementsprechend. Seine Tochter Saadia war in meinem Alter und wir waren Freundinnen. Er war ein anständiger Kerl. Auch wenn er nicht bei uns wohnte, blieb er doch der Motor der Familie. Er hatte sich geweigert, in der Fabrik zu arbeiten, und seinen eigenen Ersatzwarenhandel aufgebaut. Sonntags ging er auf den Schrottplatz und holte Ersatzteile, die man noch benutzen konnte. Er wurde nicht reich damit, doch seiner Familie fehlte es an nichts. Neben ihm sah meine Mutter fast jünger aus. Er hatte keine Haare mehr und auf seiner Stirn hatte sich seine Sorgenliste eingegraben.

In Tadmaït wollte ich mit meiner Nichte Saadia zusammen zu einer Hochzeit gehen. Mein Bruder lehnte das ohne nachzudenken automatisch ab. Meine Mutter ihrerseits meinte, wir seien hübsch und gesund; wenn wir uns bei einer Feier zeigten, werde uns der böse Blick erwischen. Das schwor sie Stein und Bein. Sie fügte hinzu, dass die im Lande verbliebenen Frauen neidisch und missgünstig seien. An jenem Tag äußerte sich mein Großvater, der die Zähne nicht mehr auseinanderbekam, nicht in der Berbersprache, sondern auf Französisch. Ich hörte seine Stimme zum ersten Mal. Er hatte einen hübschen Akzent, wie ein Italiener: »Keine Bange. Die Mädchen können auf das Fest gehen. Ich garantiere, dass alles gut ablaufen wird!« Ich war glücklich und küsste ihm die Hand. Er segnete mich und legte seine Hand auf Saadias Kopf. Da hatte mein Bruder nichts mehr zu sagen. Meine Mutter gab jeder von uns einen Talisman. Als wir gingen, murmelte sie leise Gebete, wie: »O Herr, gib, dass der böse Blick sie nicht trifft …«

Im Dorf war die Zeit stehen geblieben. Das wirkt von außen ganz nett, ist aber nicht das wahre Leben. Keinerlei Bewegung. Nichts rührt sich. Doch: die Ziegen; sie sind überall, im Tal, in den Häusern, sie hocken in den Astgabeln der Bäume. Die erwachsenen Männer sind alle im Ausland. Die Frauen sind alt und schweigsam. Es kostete mich Überwindung, nicht auf der Stelle umzudrehen und die Flucht zu ergreifen. Nachdem ich das alles in mich aufgenommen hatte, hatte ich nur noch einen Gedanken: bloß weg von hier. Zu viel Unbeweglichkeit bringt den Tod. Ich sah ihn übrigens kommen. In jenen verlassenen Dörfern fühlt sich der Tod heimisch. Er näherte sich und schnüffelte mal an meinem Großvater, mal an »Jeannot«, einem Mann um die vierzig, der durch einen Arbeitsunfall in Compiègne impotent geworden war. Er hatte die Hoffnung aufgegeben und mehrmals versucht, Selbstmord zu begehen. Er wurde »Jeannot« genannt, weil er in Frankreich den »typischen Franzosen« gegeben hatte. Dort war er in die gleichen Kneipen gegangen wie seine Kollegen, hatte den morgendlichen Calvados, das Gläschen Weißwein zu Mittag und den Liter Rotwein am Abend getrunken. Auf einen Schlag war Jeannot alt geworden. Er behauptete, es sei die Strafe Gottes, weil er zu den Nutten gegangen war.

Alles roch nach Endstimmung. Junge Menschen wie Saadia und ich hatten in diesem Sterbehaus nichts zu suchen. Nach dem Fest war mir speiübel. In unserem Klan werden Unmengen an Nahrung verschlungen! Wenn du dich nicht vollstopfst, ist das ein Beweis, dass du sie nicht liebst. Ich hatte versucht so zu tun, als esse ich, doch sie hatten mich gezwungen, mir das Essen aufgedrängt. Ich wollte nur noch zurück nach Resteville! Da gab es wenigstens keinen Konsumzwang!

Übrigens mussten wir früher zurück als geplant. Mein Vater hatte uns durch einen dieser Boten, die vom einen zum anderen Ende des Mittelmeers kommen und gehen, benachrichtigt, dass die Gemeinde unser Haus aufkaufen wollte. Doch wir wollten gar nicht verkaufen. Wir liebten dieses von meinem Vater selbst gebaute Haus sehr. Alle hatten sich an dem Bau beteiligt. Nach einem Jahr war es fertig gewesen. Mein Vater hatte es entworfen wie die Häuser in Tadmaït: geräumig, zum Himmel offen, mit einem Zimmer für jeden von uns. Der Gemeinde war es ein Dorn im Auge. Die Nachbarn in den Sozialwohnungen waren neidisch, besuchten uns aber gerne. Mitten in Resteville erinnerte sie unser Haus ein wenig an ihre Heimatdörfer.

Mein Vater war nur ein einfacher Maurer, doch er hatte so lange mit Steinen gearbeitet, dass er schon fast zum Architekten geworden war. Er ließ es sich nicht anmerken, aber der Entwurf des Hauses hatte ihm große Freude bereitet. Das war sein Traum gewesen: seinen Kindern ein Dach über dem Kopf geben. Er hatte den Plan aufgrund der Einwände der Gemeinde mehrmals überarbeiten müssen. Da saß jemand, der es nicht hatte ertragen können, dass sich eine algerische Familie mitten im Stadtzentrum niederließ.

In dessen Augen sollten Einwanderer in den Armenvierteln leben, höchstens noch in Übergangslagern oder Sozialwohnungen.

Unser Haus war schön und ungewöhnlich. Ein weißes Haus mit ungleichförmigen Mauern, wie die von den Reisebüros angepriesenen Gebäude auf dem Peloponnes. Es fehlte nur noch das Blau des Mittelmeers. Es fehlte nur noch das Blau des Himmels. In Resteville ist der Himmel immer grau und hängt ziemlich tief. Unser Haus sah aus wie ein Irrtum in einem gräulichen, rationellen und verwohnten Ganzen. Ein Haus mit siebzehn Fenstern, zwei Türen, einer Terrasse, mehreren Veranden und vor allem einem großen Bad mit europäischen Toiletten statt Plumpsklo! Meinem Vater waren diese Einzelheiten sehr wichtig. Er hatte ein traditionelles Haus gebaut, dabei aber auch eine moderne Seite integriert. Ihm war es zu verdanken, dass unsere Familie ein privates Klo für sich hatte. Die meisten unserer Nachbarn hatten diesen Komfort nicht: Sie mussten ihre Wohnung verlassen, um ihre Bedürfnisse auf dem Gemeinschaftsklo zu verrichten. Wir waren privilegiert.

Die Leute von der Gemeinde empfanden es als reine Provokation, dass wir in einem richtigen Haus mit vielen Fenstern lebten! Sie waren scheinheilig und feige und suchten daher nach verwaltungstechnischen Gründen, um uns zu vertreiben. Das hatte seine Zeit gedauert – fast acht Jahre! –, doch endlich waren sie an ihr Ziel gelangt: Wir sollten das Haus räumen, damit sie es abreißen konnten.

Meine Eltern gaben ziemlich schnell auf, doch ich beschloss, alleine weiterzukämpfen. Ich war erst dreizehn, doch in mir hatten sich mindestens hundert Jahre Wut und Groll aufgestaut. Warum sollten wir vertrieben werden? Mit welchem Recht wollte man uns in Kaninchenställe sperren? Ich griff zum Telefon und organisierte einen Termin mit dem Bürgermeister. Es fiel mir nicht schwer, die Stimme einer gutbürgerlichen Französin nachzumachen.

»Hier Madame Fontaine, Marie-Ange Fontaine. Ich arbeite im Lycée Marcel-Proust und möchte einen Termin mit dem Bürgermeister.«

Die Sekretärin bat mich, alles zu wiederholen und schlug mir dann ein Datum vor.

Am Tag des Termins war mir angst und bange! Als mich die Sekretärin sah, erhob sie sich und forderte mich auf, woanders zu spielen. Genau in dem Augenblick erschien der Bürgermeister, beugte sich väterlich über mich und fragte, was ich denn wolle.

»Sie sehen.«

Unmöglich, er habe einen Termin mit einer Dame aus dem Lycée Marcel-Proust …

»Das bin ich!«

Er fand das Ganze ziemlich komisch und bat mich in sein Büro.

Ich sagte: »Sie sind doch Kommunist und sollten die Rechte der Arbeiter vertreten. Dann sagen Sie mir, Herr Bürgermeister, warum Sie das Haus eines braven Arbeiters abreißen lassen wollen, der sein ganzes Leben lang gespart hat, um sich dieses Vororthaus zu bauen?«

Er tat erstaunt und bat seine Sekretärin um die Akte. Dann versuchte er mir zu erklären, die Stadt brauche genau jenen Ort, um ein Kulturzentrum zu bauen, in dem die Arbeiterkinder Theatervorführungen und Konzerte besuchen, Ausstellungen sehen, Musik hören und sich treffen könnten. Das liege im Interesse der Allgemeinheit. Er fügte hinzu: »Die Kommunisten haben immer dafür gekämpft, dass das Interesse der Allgemeinheit dem des Einzelnen vorgezogen wird. Das ist Demokratie! Euer Haus wird abgerissen. Wir kaufen es euch zum Marktpreis ab, dann bieten wir euch eine große Wohnung in einem tollen Sozialbau an.«

Ich erwiderte, das sei ungerecht und ich werde den Kampf nicht aufgeben. Dann brach ich in Tränen aus. Ich drohte ihm mit Tante Khdyjas bösem Blick und mit der Presse, die ich alarmieren wollte.

Ich sprach mit meiner Lehrerin für Geschichte, einer alten Jungfer, die ihr Leben lang die Einwanderer verteidigt hatte. Sie sah es als politische Angelegenheit. Sie schrieb einen Text, den sie an die Presse geben wollte. Ich erinnere mich noch an die Überschrift: *Kommunistischer Bürgermeister lässt Haus einer algerischen Familie abreißen.* Inzwischen hatte mein Vater einen Brief bekommen mit der Mitteilung, die Experten hätten das Haus auf 150.000 Francs geschätzt. Uns hatte es aber das Doppelte gekostet. Ich bereute, mit dem Bürgermeister darüber gesprochen zu haben. Ich war mir sicher, er hatte das Haus niedriger schätzen lassen, um uns noch härter zu treffen.

Die Pariser Presse veröffentlichte nichts über unseren Fall. Nur die Zeitung des Gymnasiums druckte den Text der Geschichtslehrerin. Ich zeigte ihn meinem Vater. Er lächelte sanft und murmelte: »Ob hier oder sonst wo, ob in Frankreich oder Algerien, es ist nicht gut, arm zu sein. Ein mittelloser Mensch wird überrollt. ›Und die Justiz?‹, wirst du fragen. Es gibt eine Justiz für Reiche und eine andere für Arme. Natürlich muss man kämpfen, auch wenn man das Gefühl hat, von vorneherein verloren zu haben. Doch wenn man zudem Migrant ist, Ausländer, wird man von allen Seiten ungerecht behandelt, selbst von denen, die selber unter Unrecht leiden. Das soll dir eine Lehre sein.«

An jenem Tag kam mein Vater mir verändert vor. Er wirkte niedergeschlagen, sprach wie ein Unbeteiligter. Er erinnerte mich an seinen eigenen Vater, der lieber in sein Dorf zurückgegangen war, als sich hier zu wehren. Meine Mutter weinte und klopfte wieder ihre abergläubischen Sprüche. Ihr zufolge war der Bürgermeister ein böser Mensch, doch eigentlich war er nur das Werkzeug des bösen Fluchs, den uns die Familie Assernaït auferlegt hatte. Sie wollte uns mit allen Mitteln schaden. Der Vater war arbeitslos, die Kinder saßen des Öfteren im Gefängnis, eines der Mädchen war von zu Hause abgehauen und schlug sich wahrscheinlich als Prostituierte durch … Kurz und gut, die Familie lebte im Unglück und wollte die Katastrophen mit uns teilen.

Für mich war es eine politische Angelegenheit mit rassistischem Einschlag. Die Kommunistische Partei Frankreichs wollte beweisen, dass auch sie es verstand, den Einwanderern einzuheizen. Ihre Mitglieder waren im Übrigen nicht gut auf Migranten zu sprechen. Ein paar Monate nach unserem Fall beschuldigte der Bürgermeister von

Montigny-lès-Cormeilles eine marokkanische Familie, Drogenhandel zu betreiben. Kommunistische Parteigänger und Gewerkschaftler prangerten diese Familie öffentlich an, dabei hatten sie keinerlei Beweise.

An jenem Tag begriff ich, dass wir nicht auf die Liebe unserer Mitmenschen hoffen durften! Doch wir mussten ihren Respekt einfordern.

Ich war nicht mehr Klassenbeste. Kein Wunder, ich vernachlässigte die Schule. Mir war nicht nach Lernen zumute. Ich wurde in Windeseile erwachsen. Im Jahr unseres Umzugs bekam ich eine Verwarnung vom Klassenrat. Der Ehemann meiner Schwester nutzte die Gelegenheit, unangenehme Bemerkungen zu machen wie: »Du willst großkotzig die Welt verändern und das hast du nun davon …« Er hatte ja recht. Nur dass ich nicht die Welt, sondern ein paar Kleinigkeiten in Resteville verändern wollte. Zum Beispiel den Bürgermeister. Ich bin sehr nachtragend. Ich gebe nicht auf. Niemals. Das hier schrieb ich in mein Tagebuch:

Heute habe ich eine schwere Niederlage erlitten. Doch sie werden mich nicht kleinkriegen. Niemals werde ich die kleine französische Nordafrikanerin, die Beur, sein, die im Fernsehen auftritt und erklärt, wie eingelebt, integriert, normalisiert sie ist. Nein, ich habe Wut im Bauch! In mir kocht der Hass! Zu viel Unrecht. Nie werde ich mich unterordnen … Scheiße! Und mit vierzehneinhalb habe ich immer noch keine Monatsblutung! Das Blut will nicht fließen. Ich bin zu nervös. Tue zu viele Dinge. Kümmere mich nicht genug um mich … Stelldichein mit Toni. Er heißt Antoine. Sympathisch, ein wenig scheu. Mein erster Flirt ist ein Franzose. Ich bin froh, dass es kein Araber ist …

Meine Monatsblutung trat eines Morgens mitten im Gymnastikunterricht ein. Ich schämte mich nicht, sondern war eher erleichtert: Endlich war ich wie alle anderen! Nicht ganz: Ich war nicht stolz darauf. Doch ich war eine Sorge los.

Seit wir in einer Sozialwohnung wohnten, hatte sich unser Leben verändert. Wir hatten weniger Platz und empfingen weniger Gäste. Kader und meine Schwester wohnten im Gebäude gegenüber. Ich wies meine Mutter darauf hin, dass wir nun nichts mehr zu befürchten hatten: Wer sollte jetzt noch neidisch auf uns sein? Vielleicht der Pförtner, ein alter verbitterter, bösartiger Harki*? Der arme Mann hatte alles verloren: Ehre, Frau, Kinder. Er lebte alleine und sprach mit seinem Transistorradio. Seine Kinder waren in eine andere Stadt gezogen und hatten den Namen gewechselt. Mohand nannte sich David Kohen. Er bestand auf dem K. Er trug die Kippa und einen Davidsstern um den Hals. Niemand wusste, wie er an sein Geld gekommen war, doch sein Vater behauptete, man habe ihn bezahlt, damit er sich vom Islam und von seiner Identität als Berber lossage. Von Zeit zu Zeit kam er nach Resteville, um anzugeben. Niemand zollte ihm Anerkennung. Mir tat er leid.

* Algerier, die im Algerienkrieg auf der Seite der Franzosen kämpften und danach fallen gelassen wurden. (Anm. d. Übers.)

Nach Antoine hatte ich eine ernstere Beziehung mit Marc, einem langen Kerl, der Sozialarbeiter war. Er hatte einen Studienabschluss in Psychologie. Sein Haar war braun und er hatte helle Augen. Er war ein Mittelmeertyp und manche hielten ihn für einen Araber. Seine Mutter war Sizilianerin, sein Vater Bretone. Zuerst waren wir nur Freunde. Am liebsten mochte ich an ihm seine sorgenvolle Sanftheit, seine echte Freundlichkeit. Er war zugänglich und interessierte sich für alles.

Ich war siebzehn und zum dritten Mal hintereinander Klassensprecherin. Ich wurde immer einstimmig gewählt. Alle sagten, ich hätte ein großes Mundwerk. Im Lycée Descartes organisierte ich einen Streik, damit wir eine vierte Abiturklasse mit mathematischem Schwerpunkt bekamen. Sie stopften lieber viel zu viele Schüler in eine Klasse, statt eine neue einzurichten. Der Kampf war hart, aber wir haben gesiegt. Doch ich musste die Klasse wiederholen. Das war nicht schlimm. Ich wollte ja lernen und verstehen. Aber die Philosophiestunden gingen mir auf den Geist: Ich konnte mir die Ideen nicht merken, hatte den Eindruck, sie gingen durch mich hindurch wie bei einem Sieb. Das war mir alles zu abstrakt. Eines Tages gab mir meine Lehrerin ein Buch von Bourdieu. Urplötzlich klärten sich die Dinge in meinem Kopf. Dieser Soziologe beschrieb Dinge, die ich erlebt hatte. In seinem Werk fand ich Erklärungen für das verschandelte Leben meines Vaters und meines Großvaters. Bourdieu drückte in klaren Worten Gefühle aus, die wir durchlebt hatten: Erniedrigung, Ablehnung.

Bei Marc fühlte ich mich in Sicherheit. Er behandelte

mich sanft und zärtlich, sprach viel mit mir. Er sagte: »Ich möchte mit dir zusammenleben. Ich will gemeinsam mit dir die Welt entdecken. Wir werden nach Sizilien in das Dorf meiner Mutter fahren. Du wirst sehen, da ist es ähnlich wie bei euch zu Hause.« Er erzählte mir von seiner Arbeit, den Problemen, die er hatte. Er wollte mich meiner Familie entreißen, aber ich war dazu nicht bereit. Es war noch zu früh.

Ich hatte zum ersten Mal Geschlechtsverkehr. Anscheinend war ich nicht mehr Jungfrau gewesen. Wahrscheinlich hatte ich das Jungfernhäutchen beim Sport zerrissen. Ich machte Karate, um mich verteidigen zu lernen, ritt, um meine Alltagssorgen zu vergessen, und boxte, um die Jungs zu provozieren. Einmal sagte mir ein Landsmann, ich täte alles, um wie ein Junge zu wirken. Das stimmte, außer, dass bei uns die Jungs weitaus weniger beeindruckend waren als die Mädchen: alles Muttersöhnchen, die bei ihren Schwestern schnorrten, um sich Zigaretten und Nachtclubs leisten zu können!

Der einzige Bruder, der ein richtiger Mann hätte sein können, mein jüngerer Bruder Titom – kurz für »petit homme«, kleiner Mann – war von einem Auto überfahren worden. Sechs Monate lang hatte er im Koma gelegen. Als er zu sich kam, war er nur noch ein trauriges Ding mit menschlichem Antlitz. Der Unfall hatte an einem Dienstag stattgefunden, als ich entgegen den Wünschen meiner Mutter beim Friseur war. Die Arme war überzeugt: Falls ich mir das Haar schneiden ließe, würde ein Unglück geschehen. Diesmal traf ihr Aberglaube sogar zu. Lange Zeit hielt sie mich für irgendwie verantwortlich für den Unfall. Ich konnte ihr noch so oft erklären, dass es doch keinen Zusammenhang geben konnte zwischen einem Haarschnitt und einem Auto, das einen Motorroller umfährt: Lange Zeit nutzte sie diesen Zufall als eklatante Rechtfertigung ihrer Ängste.

Nach Titoms Unfall versuchte die Versicherung uns zu bestehlen. Diesmal ging meine Mutter mit allen Papieren in deren Büro und kündigte an, sie werde in den Hungerstreik treten, falls die Entschädigungssumme nicht in Übereinstimmung mit der Behinderung ihres Sohnes neu berechnet werde. Der Verantwortliche, ein Berber, versprach ihr, die Sache in Ordnung zu bringen. Wir waren sehr stolz auf unsere Mutter, die sich als unerbittliche Kämpferin für die Rechte ihrer Kinder entpuppte.

Titom jedoch war abwesend. Man hätte meinen können, sein Blick sei gestohlen, von jemandem entwendet worden. Er war nicht leer, nur anderswo. Titoms Blick wirkte, als würde er auf einer Bank sitzen und auf die Wiederkehr des Lichts oder den Besuch eines Freundes warten. Meine Mutter umsorgte ihn zu sehr. Sie hatte das Temperament einer jüdischen Mutter oder einer italienischen Mamma in ihrer ganzen Pracht. Sie war eine Tochter der Erde, eher an Unwetter als an Melancholie gewöhnt.

Ich las Titom vor; seine Aufmerksamkeit war begrenzt. Nichts schien ihn mehr zu interessieren. Selbst der Fernseher ging ihm auf die Nerven. Eines Tages fand ich ihn mit dem Koran in Händen, den er sich auf Französisch zu lesen bemühte. Er schien gefesselt.

Marc bewohnte eine kleine Einzimmerwohnung im Stadtzentrum. Er arbeitete im Kulturzentrum und spielte mehrere Instrumente. Die Kinder mochten ihn sehr, sie nannten ihn »Magic Marc«. Er kannte einige Zaubertricks, vor allem aber brachte er sie zum Lachen. Auch mich hatte er mit seinem Humor für sich gewonnen. Im tiefsten Inneren war er desillusioniert, doch er hatte beschlossen, sich nützlich zu machen und sich nicht unterkriegen zu lassen.

Im Sommer arbeitete ich als Kassiererin im Supermarkt. Ich hatte keine Zeit, mich zu langweilen. Ohne dass sie es merkten, beobachtete ich die Leute. Die Franzosen haben einen seltsamen Bezug zum Geld. Man könnte meinen, sie hätten von Kind auf gelernt, es zu verstecken und vor allem nicht darüber zu reden. Als ich mein erstes Gehalt bekam, wusste es das ganze Viertel: Ich war so stolz, dass ich allen Passanten meinen Scheck unter die Nase hielt. Marc gab Geld aus, ohne darauf zu achten. Er sagte:

»Geld ist wie Blut, es muss zirkulieren.«

Im Supermarkt stammten die Sicherheitskräfte aus den Antillen oder aus Nordafrika. Wenn sie einen der Ihren beim Klauen erwischten, gab es kein Pardon. Sie waren übereifrig, erniedrigten genussvoll die Unglücksraben, die sich erwischen ließen. Sie wollten ihrem weißen Chef beweisen, dass sie noch strenger waren als er. Die Söhne der Harki schlugen am heftigsten zu: Man hätte meinen können, sie hätten etwas heimzuzahlen.

Eines Tages hielt ein nordafrikanischer Wächter am Ausgang des Geschäfts einen Mann aus den Antillen fest, der ein paar Kleinigkeiten gestohlen hatte. Der Dieb weinte, der andere ließ sich mit unglaublicher Heftigkeit an ihm aus. Ich verließ meine Kasse und fuhr zwischen die beiden Männer. Fast hätte ich einen Fußtritt abbekommen. Ich schrie. Der Dieb kroch über den Boden, der Wächter beschimpfte ihn auf Arabisch. Es war unerträglich. Am nächsten Tag wurde ich entlassen.

Ich schloss mich Marc und den Kindern an und wurde Betreuerin für die ganz Kleinen. Ich war glücklich. Zwar verdiente ich nicht viel, doch im Umgang mit den Kindern lernte ich Geduld. Die Geduld ist bei uns ein seltenes Gut, doch sie ist ein gutes Heilmittel für die von Geburt aus Aufgeregten, die zwischen Heim und Straße Hin- und Hergerissenen. Ich wurde ruhiger, vergaß meine Sorgen und die schlechten Erinnerungen an meine Zeit im Supermarkt. Mir wurde bewusst, dass ich selbst noch nie in einem Geschäft gestohlen hatte, nicht einmal eine Tafel Schokolade oder ein paar billige Ohrringe. Das fehlte in meiner Erziehung: der Angst trotzen, die Wächter von Konsumkitsch und Esswaren überlisten! Doch mir machte das nichts aus.

Ali war mir der Liebste unter den Kindern, die das Kulturzentrum besuchten. Er war der Jüngste in einer großen Familie, sieben Jahre alt, und konnte noch nicht schreiben. Das Sprechen machte ihm Schwierigkeiten. Seine Mutter war bereits zu alt, als sie mit ihm schwanger wurde. Doch ihre Religion und ihr Ehemann verboten eine Abtreibung und deshalb war Ali da, lebendig, gefühlvoll, äußerst liebenswert. Er war zu Gesten von großer Zärtlichkeit fähig, manchmal vermischt mit anderen, die eher ungeschickt als gewaltsam waren.

Dieser Junge hat mir nicht nur Geduld beigebracht, er hat in mir auch die Leidenschaft für das Andersartige geweckt. Er war anders mit seinem Blick auf Menschen und Dinge, seinem halb resignierten, halb erstaunten, seltsam sanften Blick. Oft fühlte ich mich ihm gegenüber total entwaffnet. Wenn er mich sah, riss er die Arme auseinander und rannte auf mich zu, ohne auf Stühle und Tische zu achten. Manchmal stolperte oder stürzte er. Er weinte nicht, stand wieder auf und drückte sich dann an mich.

Ali schenkte mir seinen ganzen Vorrat an Liebe. Auch ich liebte ihn, doch ich spürte: Das war nicht genug. Deshalb brachte ich ihm Dinge, die er mochte. Er war verrückt nach kandierten Maronen. Ich kaufte ihm welche, so oft ich konnte. Er verschlang sie gierig und lachte dabei schallend.

Eines Tages sah ich ihn in einer Ecke sitzen mit einem vor Trauer verschleierten Blick. Er lächelte mich scheu an und senkte dann den Blick. Es musste etwas passiert sein. Doch es brachte nichts, ihn auszufragen. Ich fragte die Leute um mich herum, doch niemand konnte mir etwas sagen. Sicher hatte Ali sich mit einem anderen Kind geprügelt und der Aufseher hatte ihn bestraft. Er schlug sich gern. Für ihn war es ein Spiel, eine Möglichkeit, sich mit den anderen einzulassen. Er konnte sogar brutal sein, ohne es zu merken.

Ich besuchte seine Mutter, eine tapfere Frau, die ein Dutzend Kinder geboren hatte. Drei waren gestorben. Sie hielt Ali für ein Geschenk Gottes, ein Engelskind, das wie eine Gabe ihrer Familie in den Schoß gefallen war. Sie erzählte mir, dass die Leute in ihrem Heimatdorf früher gekommen waren, um etwas von seinem guten Stern zu erbitten und ihn »Allahs Baraka«, Allahs Glücksbringer, nannten. Ihr Sohn war wie ein Heiliger. Die anderen Frauen brachten ihm Geschenke, näherten sich ihm vorsichtig, legten ihm ihre Fingerspitzen auf das Haupt und führten sie sich dann an den Mund. Sie leierten Gebete herunter, die in Wahrheit detaillierte Bitten zur Lösung eines Streits oder für ein wenig Glück und Wohlstand für die eine oder andere arme Familie waren. Ali selbst war sich nicht bewusst, dass er ein Heiliger war. Er brauchte nicht viel zum Glücklichsein. Sein Zustand war ihm keine besondere Last, selbst wenn andere Kinder ihn grausam behandelten. Was er allerdings nicht ertrug, war Unfreundlichkeit von Seiten Erwachsener. Wenn ein Elternteil oder ein Lehrer ihn ungeduldig abfertigte, hielt er sich die Hände vors Gesicht und weinte, bis ihn jemand an der Hand und in den Arm nahm.

Ich dachte auch außerhalb des Zentrums manchmal an ihn. Mit Tränen in den Augen sagte ich mir: »Das ist ein unschuldiges Unglück, ein grundloser Schmerz, für die einen eine Wunde, für die anderen ein Unfall ...« Im Allgemeinen werden solche Kinder bei der Geburt schlecht aufgenommen. Alis Mutter hatte mir gestanden, die Kinderärztin im Krankenhaus habe ihr vorgeschlagen, ihn einem Verein anzuvertrauen, um diese Missgeburt los zu werden. In dem Augenblick hatte die arme Frau nicht einmal verstanden, was man ihr da vorschlug, was man von ihr wollte. Sie hatte nur still geweint und ihr Kind an sich gedrückt.

Ali hat mir geholfen, meine Unnachgiebigkeit wirkungsvoll einzusetzen. Ich bin nunmehr unerbittlich, sobald es sich um die Achtung der Würde des Kindes dreht. Meiner Meinung nach müsste der Kampf gegen den Rassismus bereits in der Grundschule beginnen. Ich machte mir nicht mehr viele Illusionen über die Mentalität der Erwachsenen. Zuerst musste man sich um die Kinder bemühen. Zu dieser Zeit begann ich mit Marc die verschiedenen Schulen in unserem Bezirk aufzusuchen. Wir organisierten dort eine Aufführung mit Texten von Nazim Hikmet, Jacques Prévert, Jean-Marie Gustave Le Clézio, mit Liedern von Brassens und Perret. Manchmal begleitete uns Ali. Wir beteiligten die Kinder an der Vorbereitung der Aufführung. Wir setzten auf ihre Spontaneität, ohne jedoch ihren Hang zu Gewalt oder sogar zu Grausamkeit zu unterschätzen. Wir zählten auch auf die Unterstützung der Lehrer und den guten Willen der Schulverwaltung.

Die wahre Gewalt strich um uns herum. Von Zeit zu Zeit kam es zu Schlägereien in den Kneipen. Es endete mit Glasscherben, Schreien, Schlägen und manchmal mit hellroten Blutflecken auf dem Asphalt.

Mein Vater hatte eine Depression. Seit dem Sommer hatte er zu nichts mehr Lust. Er flüchtete sich in Träumereien, die meine Mutter verständnislos zurückließen. Sie sagte, der Ruhestand tue ihm nicht gut, und schimpfte über Frankreich, das diese Art Tod auf Raten erfunden hatte. Sie beklagte sich bei allen: »Der Ruhestand ist eine Krankheit, sie wird meinen Mann umbringen!« Sie hatte nicht ganz unrecht. Vor allem, da er nur ungern von zu Hause wegging. Er wollte seine Tage nicht in der Kneipe von Boualem verbringen, einem ehemaligen Soldaten, der Polizeispitzel und wahrscheinlich Zuhälter geworden war. Ganz sicher war er bösartig: Das wusste man, das sagte man. Boualem allein glaubte, wir seien nicht im Bilde.

Mein Vater redete nicht über Politik. Er hatte keine besondere Sympathie für den FLN, die algerische Befreiungsfront, fand, das sei eine Bande von Schmarotzern. Die Franzosen begeisterten ihn andererseits auch nicht gerade: Die Machtprobe mit der kommunistisch geführten Gemeinde hatte ihn angeekelt und demoralisiert. Er verbrachte Stunden auf dem Balkon und beobachtete die Kinder im kleinen Park beim Spielen. Man hatte den Eindruck, er sei an seinem Stuhl festgeklebt. Von Zeit zu Zeit sah ich, wie er aufzustehen versuchte, doch er ließ sich langsam wie von einem Magneten angezogen wieder fallen. So lernte ich, dass Depression eine Krankheit ist, eine Krankheit, die meine Mutter mit dem Ruhestand verwechselte.

Mein Vater war ein gebrochener Mensch. Meine Mutter hatte die Idee, ihn in sein Heimatdorf zurückzuschicken. Dort würde er sich wenigstens wirklich zu Hause fühlen. Doch er konnte sich dazu nicht durchringen. Er sagte, die Reise mache ihm Angst. Aus Algerien kamen schlechte Nachrichten: So gut wie überall gab es Attentate. Es war wirklich nicht der richtige Zeitpunkt, dorthin zurückzukehren.

Eines Tages tauchte Boualem bei uns zu Hause auf. Mein Vater schien über diesen Besuch nicht überrascht. Boualem sagte uns, dass unser Heimatdorf in die Hände der Islamisten gefallen war.

»Na und?«, sagte mein Vater.

»Ich wollte nur wissen, ob du immer noch vorhast, dahin zurückzugehen.«

»Das geht dich nichts an. Ich finde es merkwürdig, dass es dich überhaupt interessiert! In wessen Auftrag schnüffelst du herum? Für wen arbeitest du denn jetzt?«

»Für niemanden … Ich bin nur besorgt, denn es ist unser Dorf und nun ist es verloren. Ich wollte wissen, ob wir gegen diese Leute nichts unternehmen können …«

»Geh zurück in deine Kneipe und spioniere dort den Wahn der Leute aus. Mich aber lass' in Frieden.«

Boualem ging mit gesenktem Kopf und wir sahen ihn nie wieder.

Seltsamerweise wurde mein Vater durch diesen Besuch wachgerüttelt. Er rief mich zu sich und sprach mit mir wie früher in meiner Kindheit:

»Erinnerst du dich an die Rätsel und Geschichten von Joha? Mit der Zeit kommt das alles wieder in mir hoch, als fiele ich in die Kindheit zurück … Dieser Tage habe ich wieder an Bourru gedacht, den Bürgermeister, der unser Haus hat abreißen lassen. Ich will mich rächen. Ich weiß, wo er wohnt. Wir könnten doch einen Bulldozer mieten und sein Haus niederreißen. Im August, wenn fast niemand hier ist. Doch es ist nicht so einfach, einen Bulldozer zu besorgen. Es ist sogar recht kompliziert …«

»Lass mich nur machen, ich habe einen Plan.«

»Ich vertraue dir. Doch Achtung: Such dir die Leute gut aus, mit denen du dich einlässt. Denk nach, bevor du handelst. Vergiss eines nicht, vergiss nie: Wo auch immer du hingehst, was auch immer du tust und sagst, du wirst immer auf deine Wurzeln zurückgeworfen werden. Du bist Berberin, man wird dich für eine Araberin halten, wo du doch französische Staatsbürgerin bist. Du wirst niemals als Französin anerkannt werden. Unser Heimatboden bedeckt unsere Haut, verbirgt unser Gesicht. Wir lieben das Land hier, doch liebt es uns auch? Bourru hat sich erlaubt, unser Haus abzureißen, weil wir für ihn nur Algerier sind. Nie hätte er so etwas mit portugiesischen oder spanischen Einwanderern gewagt. Ich überlasse Bourru Gott und … dir. Doch pass gut auf dich auf!«

Nach diesem Ratschlag verfiel er wieder in tiefes Schweigen. Ich brachte ihm seinen Tee, las ihm vor. Er bat mich, ihm *Tausendundeine Nacht* vorzulesen. Manche Textstellen waren schlüpfrig, ich übersprang sie nicht, doch ich errötete beim Lesen. Er lächelte. Ein Mensch mit Charakter!

Bei Vater lernte ich, mir Zeit zum Nachdenken zu nehmen. Ich beruhigte und kontrollierte meinen Atem, versuchte meinen Kopf freizumachen und insbesondere mit allen Mitteln, Bourru daraus zu vertreiben. Er war groß und schwer und nahm zu viel Platz ein. Meinen Vater hatte er in die Verzweiflung getrieben, ich musste ihn unbedingt aus meinen Gedanken verjagen!

Mein Gedächtnis war sowieso vollgestopft mit einem ungeordneten Haufen unnützer Dinge: einzelne Schuhe, ein von einem Kind angebissener Apfel, eine Unterhose, eine Flasche Parfüm, eine zerbrochene Puppe, eine Schüssel mit Sprung, ein hartes Licht über einem makellosen Dorf, mein dösender Großvater, meine einen Talisman bastelnde Mutter, mein Tränen schniefender Bruder, mein beim Mittagsschlaf schnarchender Schwager, ein kleiner Junge auf dem Topf, ein alles verschönernder Zauberspiegel, Marcs warme Hände auf meinen Brüsten, eine getrocknete Blume in einem Buch, eine Nähmaschine und, über allem thronend, ein Packen schwarzer Wolken, wie nur Resteville sie produzieren kann.

Hätte ich ein paar Tage und Nächte durchschlafen können, so wäre ich durch diesen Packen Wolken sicher hindurchgekommen. Doch als ich gerade eindöste, rief mich Marc an. Wir mussten etwas unternehmen, um die fünf wegen Kassendiebstahl in der Gemeinde festgenommenen Minderjährigen freizubekommen!

Der Lehrer hatte mit der Schulklasse die Gemeinde besucht und sie hatten an einer offiziellen Zeremonie im Standesamt teilgenommen. Durchschnittsalter: elf Jahre. Große schwarze Augen, Blicke, die nicht viel Kindliches mehr hatten. Sie saßen nebeneinander auf einer Bank wie in der Schule, scherzten, lachten unbeschwert. Ich erkannte Rachid, den Ältesten der Bande. Sein Bruder saß seit zwei Jahren im Gefängnis, weil er einer Schauspielerin während der Dreharbeiten zu einem Fernsehfilm in Sarcelles den Schmuck gestohlen hatte. Wahrscheinlich war Rachid der Anstifter. Er hatte wohl die Schublade entdeckt, in der ein Gemeindeangestellter das Geld der Sammlungen hinterlegt hatte. Die vier anderen Buben hatten diesen offenbar abgelenkt, während Rachid zulangte. Zwölfhundert Francs! Für jeden zweihundert und vierhundert für Rachid.

Ihre Aussagen hatten weder Hand noch Fuß. Aziz erklärte bereitwillig: »Hier gibt es keine Kohle, da müssen wir sie uns organisieren. Wir sind doch keine Tiere. So kann es nicht laufen! Wir haben nichts Böses getan. Hast du die Fressen der Kerle gesehen, die morgens auf Maloche gehen? Stress. Sie gehen mit langen Gesichtern von zu Hause weg und kommen mit vollgeknallter Birne wieder nach Hause zurück. Wir haben nichts gestohlen. Wir wollen nur nicht werden wie die, das ist alles. Wir wollen unsere Ruhe haben und niemanden über uns, der uns zusammenscheißt.«

Kader unterbrach ihn: »Zweihundert Eier, das ist ein kleiner Ausflug nach Paris. Das ist doch voll okay. Eine Monatskarte für die Malocher. Ich will aber nicht schuften wie ein Tier. Ich will ein schönes kleines Schiff, mit dem ich das ganze Jahr lang übers Meer schippere. Ich werde Kapitän und überquere die Ozeane, weit weg von Resteville.«

Momo zog seinen Zweihundert-Francs-Schein aus der Tasche, hielt ihn hoch und meinte: »Hiermit kann ich mir keine Gitarre kaufen. Nicht mal ein Spielzeug für meinen kleinen Bruder. Nehmt die Moneten doch zurück, ich überlass sie euch. Aber gebt mir eine Gitarre oder eine Harmonika. Ich schwöre euch, Leute, wenn ihr mich Musik machen lasst, bin ich ein Genie, ruhig und nett. Der Lehrer hat gesagt, ich sei eine Niete, zu nichts zu gebrauchen, auf immer ein Knoblauchfresser. Dieses Arschloch will ich nicht mehr sehen. Er ist die Niete. Er geht in die Luft, statt uns was beizubringen. Ich weiß nicht, wo sie die Typen auftreiben, aber all diese Lehrer sind Knastis, Gestrafte. Vorher hat einer auf sie gespuckt und am Ende schickt man sie zu uns, damit sie sich an uns auslassen. Ich will nicht mit so fiesen Typen arbeiten.«

Auch Rezki wollte von seinem Leben erzählen. Er verlor die Geduld, stotterte. Seine Kumpel machten sich über ihn lustig, doch er gab nicht auf und sagte errötend: »Ich wi-will die Blonde. Das ist alles: Agnes. Die Blonde! Ich habe schon für sie gestohlen. Ich habe in den Geschäften geklaut, alles nur für sie ...«

Alle wussten Bescheid: Agnes war eine Hure, die in Paris auf den Strich ging. Eine falsche Blondine, falsche Wimpern, falsche Brüste, falscher Name. Nur ihr Beruf war echt. Sie arbeitete zwischen Nation und Vincennes. Sie hatte Pfunde zugelegt, um eine bestimmte Sorte Kunden anzulocken. Die Kleinen kannten sie gut. Rezki war in sie verliebt. Für ihn war sie wunderschön rund, ein lebendes Bild, fast ein Traum. Er glaubte, sie arbeite in einem Zirkus. Agnes mochte ihn. Es hieß sogar, sie habe ihn eines Tages mit nach Hause genommen und ihm ihr Geschlechtsteil gezeigt. Sie sagte: »Schließ die Augen und öffne sie erst, wenn ich es dir sage.« Sie hatte Musik aufgelegt, ein paar Tanzschritte getan und ihm befohlen zu schauen, während sie langsam ihren Rock hochhob. Der Kleine hatte große Augen gemacht. Sie hatte sich ihm genähert, seine Hand ergriffen und sie über ihren Bauch geschoben. Der Kleine hatte vor Aufregung und Angst gezittert.

Agnes hatte diese Geschichte immer bestritten. Die Kinder mussten sie erfunden haben. Die Arme arbeitete hart. Sie hatte keinen Zuhälter und Angst vor den Hotels. Mit ihren Kunden schloss sie sich auf den Straßentoiletten ein.

Für ein Zwei-Francs-Stück bot sie eine Bleibe. Die Männer erledigten ihr Geschäft schnell. Das passte ihr in den Kram, doch es war anstrengend.

In Wirklichkeit hieß sie Bahia. Sie war Araberin, ihr Mann hatte sie geschlagen. Sie hatte alles hinter sich gelassen und war aus Wut zur Hure geworden.

Rachid lächelte, als er Agnes' Namen hörte. Er kannte ihre Geschichte, doch er sprach lieber von sich:

»Ich bin eine Fehlproduktion, aber das ist nicht meine Schuld. Meine Eltern haben mir ständig versichert: ›Du bist hässlich und zu nichts nutze!‹ Der Lehrer hat noch einen draufgegeben und gebrüllt: ›Du bist eine Niete!‹ Einer, der hässlich, zu nichts nutze und eine Niete ist, versucht eben, sich durchzuschlagen, so gut er kann. Ich bin dreizehn und wiederhole gerade die vierte Klasse. Das ist normal: Auf der Penne wollen sie von mir nichts wissen. Sobald ich da den Fuß hineingesetzt habe, bin ich ausgerutscht und habe mir wehgetan. Zu Hause bin ich denen zu viel; in der Schule mag mich keiner. Aber die Straße liebt mich. Wenn ein Lehrer dir sagt, dass du ein Versager bist und nie etwas aus deinem Leben machen wirst, und das immer wieder wiederholt, glaubst du es am Ende selbst.

Unser Lehrer liebt die Schule ja auch nicht: Er kann Kinder nicht ausstehen. Wenn er uns schlagen könnte, täte er es. Einmal hat er mir die Ohren lang gezogen. Das hat sehr wehgetan. Ich habe geschrien, aber er hat weiter gezogen. Ich habe ihm einen Fußtritt in die Eier versetzt, da ist er hingefallen. Ich wurde einen Monat lang von der Schule suspendiert. Auch mein Vater wollte mich daraufhin schlagen; ich bin ihm ausgewichen. Seine Hand ist auf der Tischkante gelandet und er hat sich verletzt. Ich habe gekichert und das hat ihm gar nicht gefallen. Ich musste im Treppenhaus übernachten.

Es ist nicht meine Schuld, dass ich hässlich und unbeliebt bin. Ich liebe auch niemanden …

Warum ich stehle? Um zu stehlen. Einmal hat der Araber aus dem kleinen Eckladen Anzeige erstattet. Dabei hatte ich dort gar nicht viel gestohlen: Bonbons und ein paar Kleinigkeiten. Auf der Gemeinde war es interessanter. Die Kasse stand offen; man sah knisternde, nagelneue Scheine. Man brauchte nur die Hand auszustrecken, um sie zu nehmen. Die anderen haben den Angestellten mit dummen Fragen abgelenkt und ich habe die Hand in die Kasse getan und die Kohle eingesteckt. Ich wollte ein Radio, CDs und einen Lippenstift für Agnes kaufen.

Agnes besucht mich in meinen Träumen und redet mit mir. Sie sagt mir wahre Dinge: dass das Leben Scheiße ist, die Kerle alle Grobiane sind. Sie lädt mich ein, mit ihr weit wegzufahren, erklärt mir, dass es ungerecht ist, als Mülleimer für die Typen zu dienen.

Ich weiß es doch: Selbst im Traum entkomme ich nicht, schlägt das Leben auf mich ein. Deshalb wache ich morgens mit lauter blauen Flecken auf. Alles tut mir weh. Am Tag sehe ich Agnes nicht. Nur im Schlaf: Da kommt sie in einem herrlichen Auto angefahren und lädt mich auf eine Spritzfahrt nach Paris ein. Tagsüber warte ich darauf, dass die Nacht kommt. Doch die kommt nicht immer. Manchmal will sie nicht kommen, will mich nicht haben. Tagsüber schlägt mich der Lehrer, verhaut mich mein Alter und Agnes vergisst mich.

Ich tue, als sei ich anwesend. Ich bin doch nicht der Dieb. Das ist der andere, der auf die Nacht wartet. Ich bin doch nicht verrückt, nur müde. Will auch gar nicht wissen warum. So ist das Leben und das Leben ist Scheiße. Ich träume von einem Schiff. In Wirklichkeit habe ich noch nie eines gesehen. Ein Schiff, das über das Meer gleitet. Das ist schön, ich habe es im Fernsehen gesehen. Hast du mal einen Glimmstengel? Das ist verboten. Okay. Verboten. Und pinkeln, ist das auch verboten? Hast du mich mal richtig angesehen? Nicht gerade vertrauenerweckend. Ich habe Narben. Kannste die nicht sehen? Klar, die sind ja auch innen drin. Wenn du kratzt, findest du sie. Ich mach mir nicht groß was draus. Alle haben mir immer gesagt: ›Du hast eine schauerliche Fresse.‹ Alle Araber haben Fressen, schauerliche Fressen. Doch sie können sie nicht neu machen lassen wie Michael Jackson. Auch Prince hat eine schauerliche Fresse, aber er ist ekelhaft reich. Das wäre ich auch gern. Im Moment bin ich ekelhaft, aber eben nicht reich. Doch ich habe einen Plan. Wenn ich hier rauskomme, heuere ich auf einem Schiff an, einem Ozeandampfer, um weit wegzufahren, so weit von Resteville wie nur eben möglich. Wenn sie mich in Uniform sieht, wird Agnes mich heiraten …«

Ein paar Tage später wurden die Kinder dem Richter vorgeführt und ein Pflichtanwalt wurde mit ihrer Verteidigung betraut.

Zu Hause fand ich Titom am Boden liegend mit Schaum vor dem Mund. Ich wusste nicht, dass er auch Epileptiker war. Mutter war in Tränen aufgelöst. Vater schwieg. Mein Schwager musste natürlich seinen Senf dazugeben: Er erklärte, Titom müsse nun in ein Krankenhaus. Doch der brachte genug Kraft auf, um zu protestieren. Sein Anfall ging vorüber und alles wurde wieder normal. Vater ließ sich wieder auf dem Balkon nieder und beobachtete die Vorgänge im Sozialbau gegenüber. Mutter kehrte in ihre Küche zurück und ich an die Uni.

Manchmal stellte ich mich hinter meinen Vater und sah mir an, was er beobachtete. Die Mauern des gegenüberliegenden Gebäudes konnten die Probleme dort nicht mehr verbergen: Sie wurden auch an den Fenstern ausgestellt.

Die marokkanische Familie Bachir wohnte im dritten Stock. Der Vater arbeitete in der Fabrik. Die vier Töchter waren allesamt dick, der Sohn konnte nichts mit der Schule anfangen. Der arme Bachir wusste sich nicht anders zu helfen als sie zu schlagen. Er schloss sich mit jedem seiner Kinder ein und prügelte es durch. Bis zu dem Tag, als die Polizei eine Untersuchung einleitete. Bachir verstand nicht so recht, was ihm da widerfuhr. Er strafte seine Kinder doch nur, um ihnen eine gute Erziehung angedeihen zu lassen. In seinem Heimatland taten das alle. Er bekam eine Verwarnung, aber nicht nur das: Nun hatten seine Sprösslinge keinerlei Respekt mehr vor ihm. Der Junge begann mit dem Haschischrauchen. Die Mädchen gingen ohne Erlaubnis aus. Eine von ihnen, Hanya, hatte Haarausfall. Unter dem Einfluss einer Psychologin beschuldigte sie ihren Vater, bei ihr ein Trauma verursacht zu haben, das sie kahl werden ließ! Sie trug Kopftücher, wollte aber nicht, dass man sie mit einer Muslimin verwechselte. Deshalb waren ihre Tücher knallig bunt mit gut sichtbaren Mustern. Hanya mochte ihre Schwestern nicht, aber dafür ihren Bruder, der mit ihr ausging und sie mit den Jungs aus seinem Karatekurs bekannt machte. Auch die anderen drei Mädchen hatten jedes seine Probleme. Bachir redete überall und ohne Unterlass darüber. Er ging zur Moschee und bat Gott um Beistand, diese turbulenten und unverschämten Jugendlichen zu ertragen. Als Kind hatte er seine eigenen Eltern immer respektiert und sie hatten ihn dafür gesegnet. Als Erwachsener scheiterte er vollständig an seinem eigenen Nachwuchs und wusste nicht, was er in dieser Lage tun sollte. Khadija, die Älteste, fühlte sich unwohl in ihrer Haut. Sie war schüchtern, kaute an ihren Fingernägeln und hatte noch nie eine Beziehung zu einem Jungen gehabt. Während die anderen Mädchen aus ihrer Klasse häufig den Freund wechselten, sammelte sie nur Akne in ihrem Gesicht und gabelte überflüssige Pfunde auf. Im Jahr ihres Abiturs bekam sie eine Depression und verbrachte mehrere Monate im Krankenhaus. Die Zwillinge Radia und Leila brachten einen Haufen schlechter Noten nach Hause. Bachir machte das Leben in Frankreich verantwortlich für alle Niederlagen. Eines Sommertages beschloss er, in sein marokkanisches Dorf zurückzukehren, packte, lud alle irgendwie nützlichen Dinge in sein Auto, doch am Ende kam er nicht weg: Die Kinder weigerten sich mitzufahren. Hanya riet ihm, alleine nach Marokko zurückzugehen. Seine Ehefrau jammerte. Er saß stundenlang niedergeschlagen am Steuer seines geparkten Autos, die Hände vors Gesicht geschlagen, und konnte sich nicht entscheiden, ob er abfahren oder bleiben sollte …

Im vierten Stock wohnte die Familie Gharib. Die üblichen Probleme: Ein zwanzigjähriger Sohn, der regelmäßig im Gefängnis saß, ein anderer trieb sich herum und ihm wurde nachgesagt, mit der Mafia zusammenzuarbeiten. Die Mädchen waren alle Kassiererinnen im Supermarkt. Der Vater, der in Rente war, verbrachte seine Tage in der Kneipe *Chez Mohand*. Die Mutter brannte jedes Mal Weihrauch auf dem Balkon ab, wenn ihr weit gereister Sohn nach Hause kam, schneidig und wie aus dem Ei gepellt, mit Geschenken für alle.

In der Wohnung gegenüber lebte Madame Germaine, die Spezialistin für Scheinehen. Man erzählte sich viel Gutes und ein wenig Schlechtes über sie. Früher war sie Prostituierte gewesen und lebte nun von Heiratsvermittlungen. Die Familie Barbier, die einen Stock höher wohnte, hasste sie und beschuldigte sie, falsche Franzosen zu produzieren. Germaine war unzählige Male bei der Polizei angezeigt worden, doch es gelang ihr immer wieder, einer Strafe zu entgehen. Das Gerücht sagte ebenfalls, sie sei die Geliebte Omars, eines viel jüngeren Fußballers. Die anderen Frauen schimpften und verstanden nicht, wie sie einen so schönen Mann hatte verführen können. Man murmelte, sie organisiere ihm Orgien mit ihren ehemaligen Kolleginnen aus Paris. Man erzählte sich so viele Dinge über sie, dass es ihr am Ende egal war. Sie verfügte über ein gut organisiertes Netzwerk, über das sie alles besorgen konnte. Sie war großherzig zu den Kindern und mir gegenüber sehr hilfsbereit. Sie war es, die mir eine Kopie des vertraulichen Berichts der Gemeinde zu unserem Haus besorgt hatte. Als müsse man um jeden Preis diese Behausung abreißen, die den Bürgermeister und seine Wähler allzu sehr an Algerien erinnerte. Nun hatte der Bürgermeister ja auch 1960 als französischer Soldat in den Aurès im Osten Algeriens gegen den FLN gekämpft ...

Mein Vater wusste das alles, aber er schwieg weiterhin. Er alterte zusehends. Um ihm nicht beim Altern zuzusehen, reagierte sich meine Mutter am Wohnzimmerboden ab: Auf allen Vieren schrubbte sie hundertmal dieselbe Stelle, als seien wir zurück in Algerien. Vater blieb stumm und sah, wie in einer anderen Zeit, in die Ferne. Es tat mir weh, sie so zu sehen.

Auch Madame Couteux tat mir leid. Sie saß auf einem Stuhl auf dem Balkon ihrer Wohnung, zitterte vor Kälte, wartete aber von morgens bis abends auf die Rückkehr ihres Sohnes, der nach einem Streit weggegangen war. Ihr ganzes Leben bestand daraus: auf diese unwahrscheinliche Rückkehr warten, abends vor dem Fernseher hocken und zu den lauten Geräuschen eines Krimis einschlafen. Die Arme ließ sich gehen, sie ging nicht mehr aus, wusch sich nicht einmal mehr. Ihre Katze starb unter mysteriösen Umständen an einer Vergiftung: Vor Schmerz hatte sie sich mit den eigenen Krallen entleibt. Madame Couteux mochte uns nicht. Eigentlich mochte sie niemanden. Nur Madame Germaine durfte sich um sie kümmern. Bei dieser Gelegenheit erfuhren wir, dass der Sohn, auf den sie wartete, in Wirklichkeit nie existiert hatte und dass sie nach und nach dem Wahn verfallen war. Eines Tages hieß es, dass sie an einer Lungenentzündung gestorben war, doch alle wussten, dass Einsamkeit die wahre Todesursache war.

Mein Vater starb nicht an Einsamkeit, sondern an den Folgen seiner tiefen seelischen Verletzung. Sein Körper war bei guter Gesundheit, doch seine Ehre und sein Stolz nicht. Ein ganzes Lebenswerk war mit einer Handbewegung von einem Bürgermeister weggewischt worden, der den Hass auf Algerien immer noch in sich trug.

Am Ende war meine Mutter ständig in tiefer Sorge, betete mehrmals täglich, beratschlagte sich mit alten Frauen, die vorgaben, in Kontakt zum großen Marabut von Tizi Ouzou zu stehen. Mein Vater aber spielte wieder mit mir. Wir erfanden unsere eigenen Spiele. Das war unser Geheimnis. Meine Mutter war zu sehr mit den nützlichen Dingen des Lebens beschäftigt, um sich da einzumischen. Meine Brüder und Schwestern gingen ihren eigenen Vergnügungen nach.

Es waren zugleich körperliche und geistige Spiele: Mal war er ein Dromedar, mal ein Elefant. Ich stieg auf seinen Rücken und wir unterhielten uns in einem Mischmasch aus Arabisch und Berberisch. Wir hatten beschlossen, das sei eine indische Sprache. Wir verstanden uns und lachten. Er hatte auch Zauberkunststücke gelernt, die er ziemlich ungeschickt ausführte, die mich aber begeisterten. Manchmal war er der Schauspieler und ich der Regisseur oder umgedreht. Wir erfanden eine Szene und malten uns ungewöhnliche Situationen aus. Ich war eine Königin ohne Diadem, er ein König ohne Reich, wir endeten als Obdachlose und schliefen über dem Metroschacht. Oder er war der Anführer einer Gruppe von Stotterern und ich eine Ärztin, die sie heilte. Er nannte sich Antar und gab mir den ruhmreichen Namen Kahina, das war eine Berberkönigin, die den Widerstand gegen die Araber angeführt hatte. Er war ein Mitstreiter Sindbads des Seefahrers oder zu einer anderen Zeit war er Saladin. Er schlüpfte hintereinander in die Rollen von Zorro und Tarzan, Robin Hood und Ali Baba. Wenn ich ihm aus *Tausendundeiner Nacht* vorlas, stand er auf und spielte die Szenen. Nach dem Lesen fing er mit einer Geschichte an, hielt mittendrin inne und bat mich fortzufahren. Es war ein friedliches Spiel, das wir am späten Abend begannen, wenn wir schon müde waren. Er sagte: »Es war einmal ein einäugiger Mann mit Riesenbeinen und einem Schädel, klein wie der Kopf einer Stecknadel ...«, und ich fuhr fort: »... der beim Gehen watschelte und Rauchwolken ausstieß, wenn er nachdachte, was jedoch selten vorkam ...« Manchmal stellten wir uns im Verlauf einer Geschichte vor, zu Hause in Algerien zu sein, er in einer Dschellaba, ich in einer langen Tunika. Er wurde ernst und erzählte mir von unserer Geschichte, von der Einführung des Islam durch die Araber und von einer langen Reihe unnützer Schlachten.

Mein Vater schlug kaum ein Buch auf. Er konnte gerade so eben lesen und schreiben. Sogar aus dem Koran kannte er nur einige Suren auswendig und er irrte sich auch des

Öfteren beim Gebet in der Moschee. Er hatte sich nie gewünscht, nach Mekka zu pilgern. Menschenmassen waren ihm nicht geheuer. Er glaubte an Gott, aber für ihn war das Privatsache. Immer wieder zitierte er das Sprichwort: »Ein Narrenkopf findet kein Maß.«

Die Geschichte meines Vetters Nourredine erschütterte uns alle. Er war ein sympathischer Junge, der in der Sekundarschule nicht sehr gut zurechtkam und sich mit einer Bande Kleinkrimineller einließ, die ihm das Haschischrauchen beibrachten. Sie trafen sich in einem leer stehenden Lagerhaus am Stadtrand. Abends spielten dort jugendliche Bands. Tagsüber organisierten die Banden ihre Geschäfte von da aus. Nourredine war schwach und leicht zu beeinflussen. Seine Eltern waren ständig am Streiten und interessierten sich überhaupt nicht für ihn.

Am Ende geriet er unter die Kontrolle einer gegnerischen Bande. Diese Bärtigen rauchten nicht und nahmen keine Drogen. Ihr Geschäft war die Verbreitung des Islam in unserem Vorort. Nourredine fiel ihnen in den Schoß wie ein reifer Apfel. Er ließ sich einen Bart wachsen, gab das Gymnasium auf, wollte zu Hause eine neue Lebensart durchsetzen: Seine Mutter und die drei Schwestern sollten das Kopftuch tragen; die fünf täglichen Gebete sollten alle zusammen verrichten; vor allem sollte niemand mehr Essen zu sich nehmen, das von dem Geld seines Vaters gekauft wurde, denn der führte eine Kneipe mit Alkoholausschank. Er erklärte, der Koran verbiete nicht nur alkoholische Getränke, sondern auch deren Transport, Verkauf und das

Geld daraus, das unrein war, eine Sünde, die man mit einem langen Aufenthalt in der Hölle bezahlen müsse.

Keiner in der Familie befolgte diese Regeln; nur er allein hielt sich buchstäblich an alles, was ihm die Gruppe der Bärtigen vorgab. Mit ihm war keine Diskussion mehr möglich; er war sich seiner Sache todsicher. Die Bande versorgte ihn mit von »sauberem« Geld gekauften Nahrungsmitteln bis zu dem Tag, als die meisten Mitglieder zum Kämpfen nach Algerien gingen. Da wurde Nourredine krank. Er aß nichts mehr, verpasste zwei oder drei Versammlungen. Er fühlte sich verlassen, weinte, schloss sich in seinem Zimmer ein, weigerte sich, die von seiner Mutter zubereiteten Speisen zu essen, obwohl ihm diese schwor, das Geld dafür stamme nicht aus der Kneipe, sondern von seinem Onkel, dem Maurer. Es half alles nichts. In der Nacht bekam er Fieber, stammelte wirres Zeug, hielt sich wahrscheinlich für irgendeinen Propheten. Als der herbeigerufene Notarzt ihn untersuchen wollte, stieß er ihn im Namen des Korans von sich und beschimpfte ihn als Ungläubigen, als Feind des Islam. Der arme Nourredine hatte den Verstand verloren. Er starb im Schlaf, die Hände um die Heilige Schrift geklammert.

Seine Eltern behaupteten, er sei an Herzstillstand gestorben. Die Nachbarn erzählten, es sei eine Überdosis gewesen.

Das war im Juni 1989, als ich gerade mein Diplom in Wirtschaftswissenschaften machte und mich von Marc getrennt hatte, der auf die Antillen gezogen war, wo man ihm die Leitung einer Schule für schwer erziehbare Kinder angetragen hatte.

Mein Vater verließ uns im September. Er war eingedöst und verschied, ohne zu leiden oder irgendjemanden zu belästigen. Meine Mutter war es gewöhnt, ihn auf dem Balkon sitzen zu sehen; sie hatte ihn mehrmals gerufen. Die Sonne war bereits untergegangen und es wurde kühl. Als sie zu ihm ging, um ihm eine Weste zu reichen, begriff sie erst, dass es zu Ende war. Sie stieß einen Schrei aus, der die ganze Nachbarschaft alarmierte.

Als ich eintraf, fuhr der Krankenwagen gerade ab. Ich begriff, dass da mein Vater ins Leichenschauhaus gefahren wurde. Er hatte mich angefleht, ihm diese Zumutung zu ersparen. Zu spät! In jedem Fall spürte er nichts mehr. Weder Kälte noch Hitze. Das da war nicht mehr mein Vater. Es war eine leblose Hülle. Meinen Vater trug ich nun im Kopf. Ich weinte und jammerte nicht.

Meine Mutter beschuldigte auch noch die arme Madame Germaine, uns verflucht zu haben. Ich ließ sie glauben, was immer sie wollte. Wenn es den Schmerz stillt, ist alles recht.

In mir hatte sich der Kummer für lange Zeit eingerichtet. Jede Nacht sollte ich von meinem Vater träumen. Sobald ich die Augen schloss, sah ich ihn vor mir. Er lächelte mich an, doch wenn er mit mir sprach, konnte ich seine Stimme nicht hören. Ich las die Worte von seinen Lippen. Er erzählte mir, wie es ihm erging.

Das Unangenehmste kam danach: Wir mussten bei der Gemeinde und im Konsulat vorsprechen, um die Leiche nach Tadmaït überführen zu können. So viele Formulare mussten ausgefüllt, so viele Beweise erbracht werden! Am

Schwierigsten war es, die Todesurkunde zu bekommen. Es gab eine Verwechslung. Man hatte sich im Namen geirrt. Fast wäre ich mit einem anderen Toten in die Heimat gereist. Sicher war das meinem Vater alles ziemlich egal.

Das Begräbnis fand an einem schönen, ruhigen, blendendweißen Tag statt. Einige lasen aus dem Koran, andere weinten. Ich übernachtete im Haus meines Großvaters, allein mit zwei alten Mütterchen, die nur die Berbersprache kannten. Ich kam mir vor wie in der Fremde. Am nächsten Tag hatte ich hier nichts mehr zu suchen. Es dauerte einen Tag bis in die Hauptstadt. Überall wo ich hinkam, hatte ich den Eindruck, etwas oder jemanden vergessen zu haben. Am Flughafen wurde mir klar, dass mir mein Vater von nun an schrecklich fehlen würde.

Titom hatte bei einem Schreiner, der auch Berber war, Arbeit gefunden. Mein Schwager Kader bekam einen Bauch. Arezki hatte einen zweiten Ersatzteilhandel aufgemacht.

Meine kleine Schwester lief zum ersten Mal von zu Hause weg. Sie beschloss außerdem, trotz ihrer guten Noten die Quarta zu wiederholen. Ich konnte mich nicht beherrschen und ohrfeigte sie. Sie schrie mich an, ich sei ja nur neidisch auf ihre Schönheit, auf ihren Erfolg bei den Jungs. Sie wollte sitzen bleiben, um bei ihrem Freund zu sein. Daniel war ein kleiner Typ mit blauen Augen und blonden Locken. Nichts zu machen: Sie hatte die Schulleiterin überzeugt, indem sie behauptete, schlecht in Mathe zu sein und ihr Jahr wiederholen zu wollen, um später das Abitur zu schaffen. Ich deutete meiner Mutter gegenüber an, dass

Radya sitzen blieb, weil sie durch den Tod unseres Vaters traumatisiert sei. Ich hatte so viele Versammlungen, dass mir keine Zeit blieb, mich um sie zu kümmern. Sie machte mir viele Sorgen. Der Verein auch.

Nach der Ermordung von Kamel Mellou ließen wir zur Erinnerung ein Poster mit seinem Foto drucken. Unter dem Bild standen zwei Daten: 1973–1991, dahinter A.J.R. Das klang wie ein Fußballverein: Association des Jeunes de Resteville, Verein der Jugendlichen von Resteville. Wir wollten andere Morde an Nordafrikanern verhindern helfen. Alle meinten, ich müsse die Vereinsvorsitzende sein. Der Titel war mir herzlich egal, aber ich musste mich verausgaben, Kontakte aufnehmen, glaubhaft sein, uns Respekt verschaffen. Ich war wütend genug und hatte genug Erfahrung. Die Gemeinde wurde nicht mehr von den Kommunisten geleitet; die Rechten waren wieder im Sattel. Bourru war zum Parteifunktionär geworden und wohnte nicht mehr in Resteville. Der Neue war dürr und höflich, noch keine vierzig Jahre alt. Er wurde nicht von Erinnerungen an Algerien geplagt.

An den Wänden des kleinen Vereinslokals prangten unsere Parolen: LEBEN, NICHT ÜBERLEBEN! – GLEICHHEIT, GLEICHHEIT! – KAMEL HAT EINEN GANZEN TOD ZUM SCHLAFEN VOR SICH! – EINEN NORDAFRIKANER ERMORDEN = 6 MONATE AUF BEWÄHRUNG – WIR SIND JUNG UND HABEN KEINE ZEIT ABZUWARTEN! – DIE WAHRHEIT STEHT NICHT GESCHRIEBEN! – DIE SONNE IN DEN KNAST! – DEN MOND FÜR DIE WIDERSTÄNDLER! – SEINE ELTERN

SPIELTEN NICHT TENNIS – WIR WOLLEN NICHTS MEHR EINSTECKEN MÜSSEN – WIR WOLLEN NICHT MEHR EURE SÜNDENBÖCKE SEIN! – WIR WOLLEN NICHT MEHR IN TODESANGST LEBEN! – IHR KÖNNT UNS NICHT MEHR ZUM NARREN HALTEN ...

Ich hatte Kamel kaum gekannt. Er war jünger gewesen als ich. Ein guter Kerl, sportlich und gewissenhaft. Er ging gerne aus, kam gut an bei den Frauen. Sein Tod riss uns aus unserem gemütlichen Alltag. Wir fühlten uns alle betroffen von dieser Hinrichtung. Wir fragten uns: »Wer wird der Nächste sein?« Vielleicht sollten wir am Eingang jedes Vororts, in dem Einwanderer lebten, ein Ehrenmal errichten: UMSONST GESTORBEN. AUS UNACHTSAMKEIT GESTORBEN. WEGEN EINES GESTOHLENEN CROISSANTS GESTORBEN. AN AUSLÄNDISCHEN GESICHTSZÜGEN GESTORBEN. GESTORBEN UND NICHT EINVERSTANDEN ... Vor jedem Namen stünde das Alter. Jedes Jahr würde der Durchschnitt errechnet. Der läge bestimmt nicht über achtzehn Jahren.

Wir sind im Eimer. Wir waren nicht vorgesehen. Sind weder ein Programm noch ein Projekt. Nur gut genug, die Aufmerksamkeit der Sheriffs und der Bullen zu erregen. Sie haben die Familien haufenweise zusammengeschart und sie dann wie unter dem Bett verlegte alte Klamotten vergessen. Sollen sie sich doch selber durchwurschteln. Das ist nicht mehr unser Problem. Sie kriegen Kinder? Na und! Die sind schlecht erzogen? Na und! Werden in der Schule nicht integriert? Na und! Haben keine Spielplätze? Ist doch nicht unser Problem! Sie schlagen alles kaputt? Wir schlagen sie zusammen! Sie sind aufmüpfig? Wir machen sie klein! Sie verbrennen Autos? In den Knast mit ihnen! Sie werden rückfällig? Wir weisen sie aus! Sind doch Franzosen, sagen Sie? Nicht wirklich. Die haben kein Geld? Wir doch auch nicht! Zurück an den Absender. Zurück in ihr Heimatkaff. Sollen sie sich doch um die Ziegen und Böcke kümmern! Die können die Sprache dort nicht? Das ist die Schuld der Alten. Warum sind sie überhaupt hier? Das ist die Schuld von De Gaulle. Eine halbe Million Menschen sind es, sagst du? Das ist wie eine große Provinzstadt oder drei Pariser Arrondissements. Wir können sie ja alle zusammen in ein großes Stadion stecken, da wären sie unter sich. Ist doch 'ne nette Idee? Eine Stadt ohne Mauern, ohne Häuser, mit Löchern zum Ausruhen, Öfen zum Heizen im Winter, Zelten, die an die Heimat erinnern, einem eisigen Wind, der die Faulheit hinwegfegt, rußschwarzem Regen für die Kopfläuse, Wachtürmen, ständig kreisenden Helikoptern zum Einschüchtern; wer als Erster den Kopf hebt, auf den wird geschossen. Eine halbe Million nur, was für ein Glück! Worauf warten wir noch?

Wer redet da? Wer legt mir diese Worte ins Gehirn? Wer schürt dieses Feuer, das mich am klaren Denken hindert? Kamels Tod ist ein schlechter Ratgeber. Wir dürfen uns nicht gehen lassen! Ich kann mir keinen Irrsinn erlauben! Titom braucht mich, besonders seit Vater nicht mehr lebt und Mutter den ganzen Tag lang ihren Aberglauben pflegt. Ich habe erfahren, dass sie seit Kurzem einen unreifen

Scharlatan aufsucht, einen Sechzehnjährigen, der anscheinend Gelähmte zum Gehen, Blinde zum Sehen und den schlimmsten Krebs zum Heilen bringt! Und sie glaubt daran! Doch sie leidet an einer Krankheit, die weder ein Arzt noch ein Kurpfuscher heilen kann. Sie trägt das Unheil auf Fingerspitzen. In ihren Tränen steckt Fatalität, Unabwendbarkeit. Sie braucht nur zu weinen und schon geschieht, was sie am meisten befürchtet! Ich flehe sie die ganze Zeit an, bloß nicht zu heulen.

Sie weinte schon auf ihrem Hocker in der Küche, als ich ihr Kamels Tod ankündigte. Sie war nicht im Mindesten erstaunt. Sie hatte bereits zu jammern angefangen, bevor die Schlägerei überhaupt begonnen hatte. Sie ahnte ein Unheil. Sie wusste nicht, warum sie sich in der Küche hingesetzt hatte und warum ihr die Tränen über das Gesicht liefen. Man hätte meinen können, sie jammere über ihr eigenes Schicksal, sie stecke in einem ihrer Träume, in denen Dinge oder Pflanzen zu ihr sprachen und reihenweise Katastrophen ankündigten. Meine Mutter hätte Wahrsagerin werden können, doch sie hätte in ihrer Kristallkugel nur Unglück, tödliche Unfälle, offene Gräber gesehen …

Ich denke wieder an die mauerlose Stadt ohne Häuser. Fünfhunderttausend Löcher, um das Problem einer vergessenen Generation zu regeln. Das Opfer derjenigen, die nichts wissen, vollzogen durch die Besserwisser. Diejenigen, die nicht verstehen, wie ihnen geschieht, leiden unter denjenigen, die sich als verantwortungsvoll darstellen.

Der alte Brahim hat neun Kinder, arbeitet nicht mehr und lebt von der Sozialhilfe. Seit Langem weiß er nicht mehr, was seine Töchter tun und was seine Söhne anstellen. Er hat aufgegeben und versinkt langsam in Verwahrlosung. Er sieht seine Kinder kommen und gehen und fragt sich nicht einmal mehr, woher das Geld kommt, das sie ausgeben. Die Mutter weiß es, aber sie schweigt. Warum im Dreck herumwühlen? Schande ist keine Option mehr. Die Scham haben sie im Heimatdorf gelassen. Hier haben sie uns alles genommen, das uns zu Menschen machte. Wen kümmert das schon? Khayra geht auf den Strich. Na und! Hamza ist drogensüchtig. Was kann man daran ändern? Mustafa stirbt an Aids. Freiwillige Helfer kümmern sich um ihn und helfen ihm, seine Krankheit zu ertragen. Er wird sterben und weiß das. Nur seine Mutter besucht ihn noch. Der Vater spielt in der Kneipe Domino. Mustafa ist sanft und feinsinnig. Er spielte Theater, liebte die Kunst, verehrte Mozart und Pirandello, las viel. Aber er spritzte Heroin. Mehr um mitzumachen als aus Lust, und eher selten, doch das reichte, um sich den Virus einzuhandeln. Er war der Beste von allen, doch sogar die Besten beißen sich die Zähne aus, wenn sie aus Resteville kommen. Scheißstadt! Was für ein Elend!

Neulich habe ich im Fernsehen gesehen, wie sie zwei große Wohntürme gesprengt haben. Das war beeindruckend: Die Gebäude fielen in wenigen Sekunden in sich zusammen, Tonnen an Staub wurden freigesetzt, doch die Nachbarschaft wurde weder erschüttert noch belästigt. Ach könnten sie doch das Gleiche mit unseren Sozialtürmen, unseren Unglücksfallen tun! Endlich könnten wir reinen Tisch machen, in einem Raum ohne Zäune, ohne nichts leben und einen Neuanfang versuchen. Eigentlich verdienen wir doch eine zweite Chance. Wir könnten ein neues Leben erfinden, als schrieben wir einen Roman mit positiven Figuren, mit Wurzeln, die sie mit Nahrung und Energie versorgen, statt sie ins Hinterzimmer zu verdammen, wo sie zerbröckeln. Wir könnten uns ein Haus mit Fenstern vorstellen, die auf einen blühenden Garten gehen, auf einen freundlichen Horizont, andere Häuser mit perfektem Glück, zumindest mit der Gelassenheit derjenigen, die auf ihre Identität stolz sind und an ihrer besten Seite arbeiten …

Ich höre auf mit dem Tagträumen. Ich schiebe all diese Worte in die Falten meines Heftes und schlage es zu. Sein Papier riecht nach Weihrauch. Der Tod riecht auch nach Weihrauch. Man verbrennt ihn bei Festen wie bei Begräbnissen. Der Tod gibt vor, uns in unser tiefstes Inneres zurückzuschicken, doch er spiegelt uns die frohen Tage der frühen Kindheit nur vor, um uns umso heftiger mit Erde und Finsternis zu überschütten. Dieser Geruch erinnert mich an Kamel.

Als die Freunde aus dem Verein mir sagten: »Du musst bei den Kantonalwahlen kandidieren!«, kam ich mir plötzlich alt vor. Dabei war ich gerade mal vierundzwanzig, hatte mein Studium abgeschlossen und war auf Arbeitssuche.

Ich verabscheute die Politik. Darauf wollte ich mich auf keinen Fall einlassen! Da macht nur Karriere, wer Lügen und Illusionen einsetzen kann. Das war weder mein Stil noch meine »Baraka«, mein Glücksstern. Andererseits musste ich doch handeln, durfte nicht zurückweichen. Den Platz nicht immer den Gleichen, den Ewiggestrigen, überlassen. Ich dachte an meinen Vater: Er wäre stolz gewesen, dass seine Tochter zu dieser neuen Sorte nicht sehr weißhäutiger Französinnen gehört, die in ihren glänzenden Augen und in ihren geballten Fäusten eine unbändige Lust zu siegen tragen. Mein Vater neckte mich oft, weil ich klein bin. Das war für mich nie ein Hindernis und noch weniger Grund, mich minderwertig zu fühlen.

Die Wahlen waren ein Reinfall. Anscheinend passiert das oft beim ersten Mal. Ich sagte mir, bei den Parlamentswahlen wird es sicher besser laufen! Zu der Zeit hatte ich nichts gegen die Maschinerie der vereinten Rechtsparteien zu melden. Die Kommunisten wiederum waren bei uns in der Ecke eher überrepräsentiert, wie eine aussterbende Spezies in ihrem ökologischen Nischenbiotop. Der Wahlkampf war anstrengend gewesen. Man verschwendete sehr viel Zeit in Versammlungen und Gesprächsrunden, bei denen man das Wesentliche aus den Augen verlor. Ich hatte vorsichtigerweise nicht alle Verbindungen zur Uni gekappt. So beschloss ich, ein Diplom in Stadtplanung und ein anderes in Soziologie zu machen. Ich hielt mich gezwungenermaßen hart ran, um es zu schaffen. Es war eine Prinzipienfrage: Es gab so viele verirrte Schafe, Angeschlagene, Behinderte um mich herum, dass ich es mir nicht gestatten konnte zu stolpern oder die Dinge nur halb zu machen. Mein Vater schämte sich, wenn er im Fernsehen Araber sah, die sich ihre Würde hatten abkaufen lassen. Er sagte, über uns rede man nur, wenn es uns schlecht ging. Manchmal fügte er hinzu: »Weißt du, was die Araber daran gehindert hat, voranzukommen, meine Tochter? Ein einfacher Spruch, der uns geläufig ist: *Qdi haja*! Das kann man gar nicht in eine europäische Sprache übersetzen. Es heißt ungefähr: Tu alles, um mittelmäßig zu sein, dann geschieht dir nichts Böses. Es ist das Gegenteil von Pflichtbewusstsein, es ist uns egal, lieber pfuschen wir. Wenn bei uns einer einen Apparat repariert, kannst du sicher sein, dass er am Ende die Schrauben nicht anzieht. Das ist unsere Tragödie: Schludern, Schlampen. Jetzt verstehst du, warum sogar unter uns kein Vertrauen herrscht! …«

Die Schrauben wurden in jedem Fall angezogen. Ich war eine Maschine, die sich selbst reparieren musste. Als ich den Führerschein machte, hielt ich mich so haargenau an die

Regeln, dass der Fahrlehrer die Nerven verlor und mir riet, etwas flexibler zu sein. Stimmt: Flexibilität, Dehnbarkeit waren nicht gerade meine Stärke. Meine Angst war zu groß, man werde sie für Schwäche und Dilettantismus halten …

Mein Vater wäre glücklicher geworden, wenn seine Wiege anderswo gestanden hätte. Ständig zählte er unsere nationalen Makel auf: Unpünktlichkeit, Unernst, Unordnung, kein Sinn für Freiheit. Er sagte: »Frankreich hat alles getan, um unsere Fehler zu verstärken. Es wollte uns untergeordnet und resigniert sehen. Nach dem Algerienkrieg hat es uns nie mehr akzeptiert. All unser Unglück kommt daher. Doch es ist dennoch unsere Schuld, dass es so weit gekommen ist: Unsere Kinder sind Kriminelle, Drogensüchtige, Dealer, arbeitslos, amüsieren sich nicht und haben keine moralischen Werte. Wir hätten weiterkämpfen müssen, doch wir waren zu müde. Wenn ein Kind seinen Lehrer in der Schule nicht respektiert, kann man sicher sein, dass es auch seinen Vater zu Hause beschimpft. Ich habe Jugendliche gesehen, die ihrem Vater einen Vogel gezeigt haben, andere haben sich vor ihrem Lehrer die Hand aufs Geschlechtsteil gelegt. Was tun? Alles ist dahin. Du verspürst Hass, ich aber schäme mich. Zum Glück bist du da, bei uns ist es noch keine Katastrophe. Uns geht es nicht so schlecht. Aber hast du Brahims Kinder gesehen? Zuerst hat er sich mit jedem einzeln eingesperrt und sie bis aufs Blut geschlagen. Eines nach dem anderen. Am Ende ist er in Tränen ausgebrochen. Er weinte über sein Leben, es waren Tränen der Ablehnung dessen, was aus ihm geworden war, wo er doch in der Hoffnung auf ein besseres Leben nach Frankreich gekommen war. Aber lebte er wirklich in Frankreich? Er trug sein Land, sein Heimatdorf, überall mit sich herum. Damals ging er kilometerweit, um drittrangiges Fleisch bei einem islamischen Metzger zu kaufen. Ich verstand das nicht und seine Kinder ebenso wenig, denn zugleich ging alles um uns herum zu Bruch, niemand kümmerte sich darum, was aus uns werden sollte. Es war die Zeit der Familienzusammenführung. Man sah Autos randvoll mit Kindern, Geräten, manchmal Geflügel anrollen. Ganz Algerien zog um. Fast hätten sie ihre Olivenbäume herausgerissen, um sie in Sarcelles oder Poissy wieder einzupflanzen. Und es war ihnen wichtig, dass das Fleisch, das sie aßen, nach der Tradition geschächtet wurde. Währenddessen blieben ihre Kinder, die sie mitbrachten oder hier in die Welt setzen sollten, der Unordnung und dem frühen Niedergang überlassen: Sie machten alles kaputt, weil sie Spaß daran hatten: Schaufenster, Autos, aber auch ihr eigenes Leben … Was für eine Zerstörung! Ich verstehe diese ganze Gewalt nicht, die die Jugendlichen in sich tragen. Fast scheint es, als würden sie damit geboren. Ich habe euch mit dieser fixen Idee heranwachsen sehen: Meine Kinder werden alles kaputt schlagen. Ihr habt gar nichts kaputt gemacht, außer Titom, ein wenig, vor seinem Unfall. Doch wenn ich mich umsehe, wird mir klar, dass wir gut weggekommen sind. Zuerst müsste man die Eltern erziehen, in Abendkursen: Ihr könnt eure Kinder nicht mehr auf die Straße oder in die Schule abschieben; wir zeigen euch, wie ihr sie erziehen müsst. Es wäre eine Revolution … Ach meine Tochter, du hörst, ich rede schon wie ein alter Schwätzer …«

So alt war er noch nicht, doch er sah sich gerne um. Er hatte kaum Freunde, hatte sich aus der Welt zurückgezogen und beobachtete aus der Ferne, wie sie sich entwickelte und niederging. Manchmal musste er darüber lächeln.

Lesen konnte er nicht sehr gut. Das lag nicht an seinen Augen, sondern an einem Mangel an Schulbildung. Bei der Gewerkschaft CGT hatte er in den sonntäglichen Alphabetisierungskursen lesen gelernt. Er ging recht ungern hin und bemühte sich, nicht zu zeigen, wie peinlich es ihm war. Sobald er die Buchstaben entziffern konnte, blieb er weg. Später bat er mich, ihm vorzulesen. Zusammen büffelten wir für meinen Französischunterricht. Es amüsierte ihn, meine Sätze mit einem besonders deutlichen Akzent zu wiederholen. Er rollte das R wie in Algerien. Das tat er normalerweise nie. Für ihn war das eine Erinnerung an seine Wurzeln, wenn auch in einer Fremdsprache. Eines Tages fragte ich ihn, warum er einen anderen Akzent und einen anderen Ton anschlug, wenn er Französisch sprach. Er schien erstaunt; das wusste er selber nicht. Sein Französisch war mit arabischen Worten gespickt. Ich versuche, nicht in die gleiche Falle zu gehen. Bei mir ist es eher umgedreht: Mein Arabisch ist ziemlich schlecht und ich erinnere mich nur an ein paar Worte in der Berbersprache. Doch mit diesen Worten könnte ich, gerade weil es so wenige sind, nicht lügen.

Die Kerle haben Angst vor mir. Wenn sie mich treffen, senken sie den Blick. Ich weiß nicht, was sie sich vorstellen, doch wer mich nicht aggressiv anranzt, geht mir lieber aus dem Weg. Hamid ist ein guter Freund. Er ist Marokkaner, ledig und ein echter Don Juan. Er weiß alles über Filme. Eines Tages hat er mir erklärt, warum die Kerle auf die andere Straßenseite wechseln, wenn sie mich sehen: »Du kleidest dich wie ein Junge und man hat den Eindruck, dass du immer auf einen Streit aus bist. Du hast die Hemden- oder Jackenärmel immer aufgekrempelt. Der Kerl sagt sich, dass du zwar attraktiv bist, er aber bei dir nichts zu sagen hätte und du ihm bei dem kleinsten falschen Wort eine scheuern würdest. Wer ernste Absichten hat, befürchtet, dass du fähig bist, ihm zu Hause eine Schürze in die Hand zu drücken und ihn in die Küche zu den Töpfen zu verbannen. Auch hat es sich herumgesprochen, dass du Europäer vorziehst. Du magst die Typen aus Nordafrika nicht wirklich. Du kannst sie nur mit Blicken töten. Für dich sind das alles falsche Fuffziger, die ihre Zeit damit verbringen, ihre Frauen zu schlagen und ihre Schwestern am Atmen zu hindern. Mit diesen Mackern gehst du lieber kein Risiko ein. Außerdem bist du auf deinen Schwager fixiert, den Typen, der sich von seiner Frau bedienen lässt und zu den Huren geht, aber scheinheilig und schlau genug ist, vor der Familie als guter Mann dazustehen … Du gibst dir eben nicht gerade viel Mühe. Von Zeit zu Zeit solltest du deine Jeans, deine Turnschuhe und deine Schlägerlederjacke ausziehen. Gut, wenn du dich nicht schminken willst, ist das okay, du brauchst es nicht, aber ein wenig Khol um die Augen würde echt nichts verderben. Und sei auch weniger rabiat, nimm dir Zeit zum Atmen, zum Spielen und sogar zum Nichtstun! Du bist zu ernst. Du hast ja recht, dass du diese Situation ablehnst, es gereicht dir zur Ehre, aber hör' auf, dich kaputt zu machen. Du trägst die Lederjacke, als sei es ein Kopftuch: Man sieht deine Körperformen nicht, ich weiß nicht einmal, ob du kleine oder große Brüste hast und breite oder enge Hüften. Du bewegst dich wie in einem Boxring. Mach mal eine Pause, sieh dich im Spiegel an, lass dich auf einem Stuhl nieder, denk an die Süße und Leichtigkeit des Lebens! Du bist nicht im Straflager. Genieß dein Leben! Es gibt Früchte am Baum des Lebens, du verdienst es, sie zu ernten. Komm aus der Reserve, vergiss deine Vorurteile. Nicht alle Araber sind wie der Mann deiner Schwester! Du bist doch nicht im Grunde ein wenig rassistisch? Nein, das nicht: Du würdest es nie zulassen, dass jemand einen Araber misshandelt. Aber du willst keinen Araber in deinem eigenen Leben haben. Das ist dein gutes Recht. Vielleicht ist es sogar eine richtige Entscheidung. Aber sei ein wenig flexibler! Es ist eine Form von Intelligenz, mit den anderen zusammenleben zu können. Du hast eine Wahl getroffen: Du kämpfst unentwegt. Du willst vor allem nicht zu jener verlorenen Generation gezählt werden. Dich hält es nicht auf der Stelle, denn du willst aufrecht leben und voranschreiten, vorankommen …«

Marc wiederum erzählte mir gerne von seiner Kindheit in Brest und seinen Jugendjahren in einem Vorort. Er sprach mit Trauer in den Augen. »Es sind Spuren einer alten Wunde«, sagte er. Ich wusste nicht, was diese Worte bedeuten sollten. Doch ich hatte eine Vorahnung, dass er eines Tages weggehen würde, getrieben von einem immer noch bohrenden Schmerz.

Jetzt weiß ich, dass ich mit ihm hätte ein Kind haben sollen. Er wünschte es sich, hatte aber Angst. Ich habe das erst später erfahren, durch einen Brief, den er mir von den Antillen schickte:

Nadia,
ich schulde Dir eine Entschuldigung und eine Erklärung. Ich bin ohne Ankündigung abgereist, habe Frankreich wie ein Dieb verlassen. Es war stärker als ich. Jetzt kann ich Dir den Grund dieser Trauer nennen, die mich sprachlos machte. Ich bin, wie man sagt, ein heimatloses Kind: Meine Eltern sind nicht meine Eltern, mein Name ist nicht mein Name. Das Leben wurde mir gewährt, wie man in der Hoffnung auf bessere Tage bei einem Nachbarn etwas ausleiht. Ich bin das Findelkind aus den Geschichten, das an einem Wintermorgen an einem Kirchenportal abgelegt wurde. Meine Eltern haben mir nicht die Wahrheit gesagt. Es war reiner Zufall. Als ich eine Schublade durchwühlte, stieß ich auf verschiedene Papiere. Seit mehr als zehn Jahren lebe ich mit diesem Geheimnis. Ich habe nicht gewagt, meine Mutter darauf anzusprechen, denn sie ist krank. Ihr Herz könnte es nicht überstehen. Ich habe geschwiegen und alles für mich behalten.
Was mich an Dir anzog, das war Deine Hautfarbe, Deine Herkunft. Denn ich bin sicher, dass auch ich aus Deiner Heimat stamme. Ich habe das Haar eines kleinen Algeriers und die Augen eines kleinen Franzosen. Über Dich war ich auf der Suche nach mir, nach meinen Wurzeln. Die Arbeit mit den Kindern diente dem gleichen Zweck. In den Gesichtern der Kleinen suchte ich mein zweites Antlitz. Ich wollte mir bei ihnen Erinnerungen ausleihen, mich mit Bildern, Geräuschen und Düften ihres Gedächtnisses vollstopfen.

Wenn ich bei Dir war, verflogen meine Ängste. Ich fühlte mich wohl und entspannt, Du hast mich beruhigt, ohne es zu wissen, ohne etwas Besonderes zu sagen oder zu tun, ganz einfach durch Deine Anwesenheit, dass Du für mich da warst. Mit Dir habe ich die ruhige Liebe entdeckt, die ohne Gewalt oder Konflikte ist. Freundschaft vermischt mit Begehren. Du warst und bist immer noch meine Schwester, meine Doppelgängerin, die das nicht weiß, und ich bin glücklich, wenn ich an Dich denke. Ich hätte mir ein Kind für uns beide gewünscht, habe aber nicht gewagt, das anzusprechen. Wahrscheinlich war ich mir nicht wirklich sicher, ein guter Vater sein zu können. So ist es sicher besser. Nun, da ich zumindest körperlich weit von Resteville entfernt bin, werde ich mich bemühen, alleine die Lösung meiner Probleme zu finden. Ich habe einen guten Job und kümmere mich weiterhin um Kinder. Ich brauche diesen Abstand, um klarer in mir zu sehen. Eines Tages werde ich wiederkommen. Du musst wissen, dass ich Dich weiterhin in meinem Herzen trage und dass es mir Deinetwegen sehr viel bessergeht. Wenn ich schwarzsehe, brauche ich nur an Dich zu denken, an Deine Augen, an Deine Stimme, und meine Trauer schwindet wie unter einem Zuckerregen dahin. Danke dafür, dass es Dich gibt. Sei umarmt.
Marc

Es stimmt nicht, dass ich den Kerlen Angst mache. Marc hat sich mit mir immer wohlgefühlt. Er hat es mir oft gesagt. Er fehlt mir. Seit er weg ist, träume ich oft von ihm. In meinen Träumen hat er Farbe bekommen.

Es stimmt nicht, dass ich Männer in die Flucht schlage. Kurz nach Marcs Brief habe ich einen weiteren von einem unbekannten Verehrer erhalten. Er ist nicht unterschrieben.

Sicher ist es der Brief eines Dichters. Offiziell gibt es keine Dichter in Resteville. Oder sollte es mein ehemaliger Französischlehrer aus der Abiturklasse sein? Der schreibt Romane. Er liebt seinen Beruf, aber die Mädchen verdrehen ihm den Kopf. Damals machte er mich mit viel Humor an. Er brachte mich zum Lachen. Ich denke, er ist es. Er hatte mir seine private Telefonnummer gegeben. Manchmal suchten ihn die Schüler auf, um sich mit ihm über ihre persönlichen Probleme zu beraten. Seine Frau verzieh ihm alles, solange es das Gymnasium betraf. Wenn er es war, der mir geschrieben hat, finde ich es heraus. Doch ich kann mir nicht vorstellen, mit einem Dichter zu leben! Und noch weniger mit einem romantischen Dichter! Ich kann mir den Luxus nicht leisten, mich von Gefühlen einwickeln zu lassen!

Mein Schwager hingegen ist überhaupt nicht romantisch. Er sagt genau das, was die Familien bei uns erwarten. Er ist ein Angeber und Grobian. Bei meinen Brüdern und Vettern bleibe ich auch auf der Hut. Das ist besser, sonst putzen sie dich in Nullkommanichts herunter. Sie trampeln auf dir herum, lassen dich dann liegen und lachen sich einen beim Weggehen.

Ich habe keine Angst vor dem Alleinsein. Ich weiß, das beschäftigt die Mädchen. Sie reden die ganze Zeit darüber, aber weil sie das um jeden Preis verhindern wollen, finden sie sich einsamer denn je neben jämmerlichen, egoistischen oder vorzeitig gealterten Kerlen wieder. Es ist mir doch egal, dass ich alleine lebe. In Wirklichkeit bin ich doch nie allein. Meine Projekte begleiten mich immer. Den Typen aus Nordafrika fehlt es am meisten an Ehrgeiz. Sie sind kleinlich, denken kleinlich, bleiben kleinlich und werden kleinlich zugrunde gehen. Meinem Bruder Aziz ist nichts Besseres eingefallen, als den Platz meines Vaters in der Fabrik einzunehmen, genau wie es mein Vater mit seinem Vater gemacht hatte. Das ist eine bequeme Lösung: Da braucht man die Gehirnzellen nicht anzustrengen. Arbeiter bei Renault, vererbt vom Vater auf den Sohn: Was für eine soziale Karriere! Ich nehme es Aziz besonders übel, weil er ein so guter Fußballer war. Er hätte ein großer Spieler in einer wichtigen Mannschaft werden können. Doch dafür hätte er den Sport ernsthaft betreiben, wirklich vorankommen, jemand werden wollen und dieses kleine ereignislose Leben, das nie nur ein Viertel der Hälfte eines Schicksals ausmachen wird, hinter sich lassen müssen. Aber nein, er glitt lieber ab in die Scheiß-Drauf-Haltung, die Null-Bock-Philosophie. Gott weiß, dass mein Vater seine Söhne lieber nicht als Schichtarbeiter bei Renault gesehen hätte! Am Ende aber war es seine Tochter, die beschloss, die Herausforderung für die ganze Familie anzunehmen.

Es stimmt, ich bin nicht gerade bescheiden inmitten all dieser Kerle, die nichts tun und ihre Zeit nur damit verbringen, auf etwas zu warten. Aber worauf warten sie denn? Daran können sie sich nicht mehr so genau erinnern, aber vielleicht erinnern sie sich absichtlich nicht mehr daran: Das ist bequemer. Sie hängen mir zum Hals raus. Ich nehme es ihnen übel. In der Schule schaffen sie es, nur Niederlagen anzuhäufen; in der Familie benehmen sie sich wie Ölscheichs; und auf der Straße lungern sie herum oder drehen krumme Sachen. Ich bin nicht stolz auf meine Brüder. Meine

Mutter versteht nicht, warum ich mich die ganze Zeit um Sachen kümmere, die mich interessieren. Sie sagt, ich sei der Mann im Haus. Aus ihrem Mund ist das kein Kompliment. Eher bin ich für sie falsch gepolt. Sie ist sicher, dass ich nie Mutter sein, nie eine Familie gründen werde. Aus ihrer Sicht werde ich den Rest meines Lebens in Versammlungen zur Verteidigung der Witwen und Waisen verbringen. Sie wirft mir vor, nicht genug an mich, an mein Leben, an meine Zukunft zu denken. Sie hat nichts verstanden: Ich kümmere mich um die anderen, weil ich eben genau an mich, an mein Leben, an meine Zukunft denke. Das hatte mein Vater sehr gut verstanden. Deshalb habe ich ihn so geliebt. Er sah mich mit erloschenen, aber glücklichen Augen an. Er wusste, er war für mich kein Vorbild, und er gab mir recht. Ein Dreher, der seinen Körper in der Fabrik verschleißt, kann kein Vorbild für die Zukunft seiner Kinder sein.

Ich hatte Aziz den Spitznamen »Champion« gegeben. Er war stark, schön, intelligent. Er rauchte nicht und trank keinen Alkohol. Ein richtiger Ballkünstler. Doch seine Hoffnungen auf eine Sportlerkarriere wurden ruiniert durch seine Trägheit und dieses Bild, das die Jungen aus Nordafrika von sich selbst haben: zu unbekannt für den Erfolg, zu schwierig, sich Gehör zu verschaffen, zu viele unlautere Rivalitäten, um an sein Ziel zu gelangen, mangelndes Selbstvertrauen und Selbstbewusstsein. Nach und nach hat er das Training aufgegeben, mit dem Rauchen angefangen und hing mit einer Gruppe von Nichtsnutzen und Kleinkriminellen herum. Einer von ihnen war Solo, der Sohn einer

nordafrikanischen Mütter in der ganzen Gegend glaubten, sie könnten nur in Sarcelles entbinden. Daher frage ich mich, ob in jenen Jahren in Sarcelles nicht mehr kleine Araber auf die Welt gekommen sind als in unserem Heimatdorf in Algerien …

Yamina, Kbira und Rosa, drei schöne kluge Schwestern, lebten in Sarcelles und wurden von ihrem Vater in den Ferien in sein Heimatdorf mitgenommen. Sobald sie dort ankamen, verbrannte er ihre Pässe in aller Öffentlichkeit und vertraute seine Töchter dem Bruder an, einem Bauern, der seine Zeit mit Beten und Tabakschnupfen verbrachte. Sie waren dreizehn, vierzehn und sechzehn Jahre alt. Ihre Körper waren wohlgeformt, vor allem der von Kbira, deren Alter niemand erraten konnte und die die schönsten Brüste des Kantons hatte. Wenn sie einen taillierten Pulli über ihrer hautengen Jeans trug, blieb den Passanten die Spucke weg. Sie provozierte gerne, das war ihre Wesensart. Sie war ganz plötzlich erwachsen geworden und es war nicht ihre Schuld, dass ihr die Männer nachpfiffen. Ihr Vater hatte einen Wutanfall bekommen und heimlich beschlossen, seine Töchter aus dem Verkehr zu ziehen: sonst könnten sie einen Skandal heraufbeschwören und die Ehre der Familie beschmutzen. Er hatte alles vorbereitet, ohne seine Frau einzuweihen, und nutzte die Sommerferien, um die Töchter endgültig nach Algerien abzuschieben.

Bei Schulbeginn im September hat die Mutter dem Schuldirektor erklärt, ihre Töchter hätten das Gymnasium gewechselt. Die vier Söhne besuchten wie gewohnt die

Schule. Die Freundinnen der drei Mädchen alarmierten die Lehrer. Ein Brief von Rosa beschrieb die Hölle, in die sie ihr Vater und dann ihr Onkel gesteckt hatten. Der Brief ging im Gymnasium herum und auch außerhalb:

Liebe Freundinnen,
ich schreibe Euch aus einem fremden Land, aus einem Dorf zwischen zwei Bergen. Ich wende mich heimlich an Euch. Yamina und Kbira stehen Schmiere, während ich schreibe. Ich muss Euch gleich sagen, dass wir hier nicht in den Ferien sind, wir waren nie in Ferien, wir sind im Gefängnis, unser Onkel Mohammed hat uns in eine Kammer eingesperrt. Er ist groß, hat einen dichten Bart und ist grausam. Er hat uns schon geschlagen. Wir dürfen nicht vor die Tür. Haben hier auch keine Freundinnen. Unsere Tante ist eine alte, fast blinde Frau. Sie ist krank und schläft die ganze Zeit. Wir sind nicht freiwillig hier.
Einmal die Woche holt uns die Magd, eine junge Analphabetin, und führt uns in den Hammam. Sie geht mit uns hinein und spendiert uns auf dem Rückweg eine Cola. Wir dürfen nicht mit den Leuten auf der Straße sprechen. Von Kopf bis Fuß sind wir in graue Dschellabas gehüllt. Unsere Gesichter sind unverschleiert, doch wir dürfen uns nicht mehr schminken. Mohamed hat unsere Toilettenartikel beschlagnahmt und alles in den Müll geworfen. Er hat unseren Walkman und unsere Kassetten zerstört. Geschrien hat er und uns mit hundert Stockschlägen gedroht, wenn er uns noch ein Mal beim Musikhören erwischt.
Wir verbringen den ganzen Tag im Haus. Ein anderer Bärtiger kommt und bringt uns den Koran bei. Unsere Tante redet in der Berbersprache mit uns, doch wir verstehen nur einige Wörter. Unser

Onkel redet Französisch mit uns, aber er beschimpft uns auf Arabisch. Vater schickt seinem Bruder Geld, um für unser Essen aufzukommen. Vor uns hat er ihm gesagt, dass er uns seiner Güte anvertraut. Der Onkel ist aber ein Bösewicht, ein schlechter Mensch. Oft schlägt er die Magd.

Er hat selber nie Kinder bekommen können. Wenn ich es recht verstehe, sind wir nun seine Töchter. Er entscheidet über Leben und Tod. Wir sterben einen langsamen Tod. Meine beiden kleinen Schwestern haben Albträume und wachen nachts schreiend auf. Sie haben Angst. Wir haben Angst. Dies ist ein SOS-Ruf. Wenn Ihr diesen Brief bekommt, tut etwas für uns. Wir haben keine Ausweise mehr. Unser Vater hat unsere Pässe verbrannt. Wie können wir aus diesem Gefängnis entkommen? Auch wenn wir aus dem Fenster springen könnten, wüssten wir nicht wohin. Wir haben weder Papiere noch Geld.

Yamina, die Jüngste, weint unentwegt. Kbira sagt nichts; sie kaut an ihren Nägeln und liegt stundenlang da, starrt an die Decke, hoffentlich wird sie nicht verrückt. Wir sind alle drei in Gefahr, den Verstand zu verlieren. Falls der Onkel uns zwangsverheiraten will, bringen wir uns lieber vorher um.

Ihr müsst uns helfen! Hilfe! Alarmiert die Polizei, lasst unseren Vater verhaften, er ist ein Verbrecher! Wir hassen ihn! Wenn wir seinen Namen aussprechen, spucken wir auf den Boden! Ich habe Angst um Kbira: Sie bekommt ihre Monatsblutung nicht mehr. Das ist schlimm. Wir brauchen einen Arzt. Nicht mal zu essen haben wir genug. Lachen tun wir auch nicht mehr. Jeden Tag verlieren wir ein bisschen mehr die Lust am Leben. Macht schnell, rettet uns! Schickt die Gendarmen oder Leute vom Fernsehen! Help! Help!

Wie durch ein Wunder war der Brief bei Rosas besten Freundinnen Yasmina, Khdija und Géraldine angekommen. Die Aufwartefrau im Hammam hatte ihn wohl abgeschickt. Der Verein hatte mehrere Fotokopien gemacht. Eines Abends ging ich mit unserer Anwältin Pierrette ohne Vorankündigung zur Familie der Mädchen. Die Wohnung war gepflegt, sauber. An der Wand hingen Fotos der Kinder, als sie noch klein waren. Zwei Klassenfotos, auf denen ich Madame Mercier, meine Lehrerin, erkannte, mit ihrer strengen Miene, dem bereits weißen kurzen Haar, dem schützenden Blick. Ich versuchte, wenigstens eines der drei Mädchen zu erkennen, doch es war der Vater, der mit dem Finger auf sie zeigte.

Er war gut angezogen, wirkte friedfertig, kaum überrascht, uns auftauchen zu sehen. Er sagte: »Ich gebe zu, ich hatte eher das Fernsehen erwartet. Doch da ihr nun da seid, können wir uns auch unterhalten. Was wollt ihr wissen?«

»Haben Sie Nachrichten von Ihren Töchtern?«

»Es geht ihnen gut. Mein Bruder behandelt sie noch besser als ich.«

»Warum haben Sie sie nach Algerien geschickt?«

»Um sie nicht zu verlieren.«

»Aber dort gehen sie nicht zur Schule, haben keine Freundinnen, können weder ausgehen noch das Land verlassen!«

»Das behaupten sie. In Wahrheit haben sie dort mehr Freiheit als hier. Hier werden sie von Drogen und einem schlechten Leben bedroht.«

»Sie haben kein Recht, sie unter Verschluss zu halten!«

»Was bedeutet ›unter Verschluss halten‹«?

»Einsperren, nicht hinauslassen.«

»Ich bin ihr Vater. Ich habe jedes Recht. Ich bin für ihre Ehre verantwortlich. Wenigstens lernen sie da unten den Koran und atmen reine Luft.«

»Wann kommen sie wieder?«

»Niemals. Unsere ganze Familie geht zurück nach Algerien. Ich warte, bis die Jungen die Schule beendet haben, dann ziehen wir dorthin. Genau zu der Zeit gehe ich in den Ruhestand. Frankreich ist nicht unsere Heimat. Ich bin stolz darauf, verhindert zu haben, dass mein ältester Sohn einen französischen Pass bekommt. Das nutzt nichts. Mit oder ohne Pass wird er immer ein Araber bleiben. Besser man hat seine eigene Heimat.«

»Ihr Bruder geht brutal mit Ihren Töchtern um. Finden Sie das normal?«

»Er handelt richtig. Er muss streng sein, weil er sie als seine eigenen Kinder betrachtet.«

»Gegen Sie wird eine Klage eingereicht. Wie werden Sie darauf reagieren?«

»Welches Risiko gehe ich denn ein? Nach Hause geschickt zu werden? Das ist für mich keine Strafe. Und wieso mischen Sie sich überhaupt ein?«

»Wir fühlen uns verantwortlich für Recht und Justiz.«

»Das ist doch alles nur Gequassel! Will Frankreich mich etwa hindern, meinen Mädchen eine gute Erziehung zu geben? Will es unsere Kinder auf der Straße, in den Polizeidienststellen und in den Gefängnissen haben?«

»Haben Sie den Brief von Rosa gelesen?«

»Ich habe davon gehört. Vor euch war die Direktorin der Schule schon hier. Ich habe sie gefragt, ob sie selber Kinder hat. Sie hat verneint. Daraufhin habe ich ihr gesagt, dass sie hier nichts zu suchen hat.«

Wir standen auf, um zu gehen, bemerkten aber, dass uns die Mutter, ohne dass ihr Mann es mitbekam, Zeichen machte. Ich verstand, dass sie uns alleine treffen wollte, wenn ihr Mann nicht da war.

Wir mussten eine andere Taktik einschlagen. Der Vater war sich seiner Meinung und seiner Rechte sicher. Wir wandten uns an das algerische Konsulat, konnten aber niemand wichtigen erreichen. Uns blieben nur noch die Medien, doch ich hatte genug Erfahrung, um bezüglich der Ausschweifungen einiger Boulevardblätter misstrauisch zu sein.

Dann erfuhren wir, dass die vierzehnjährige Kbira, die Zerbrechlichste der drei, die sich ins Schweigen zurückgezogen hatte, tot war. Sie hatte sich im Hammam die Adern aufgeschlitzt. Die herbeigerufene Ambulanz kam aus der größeren Kreisstadt und musste mehrere Dörfer durchqueren, Kbira war indessen verblutet.

Die Eltern fuhren in ihr Heimatdorf. Die Kleine bekam nicht einmal ein ordentliches Begräbnis. Die Religion verdammt Selbstmörder dazu, ihre Tat endlos zu wiederholen. Weil sie sich gegen Gottes Willen aufgelehnt hatte, wurde Kbira nachts heimlich verscharrt. Der Onkel sprach nicht einmal ein Gebet für ihre Seele.

Die Familie zog weg aus Resteville. Wir hörten nichts mehr von den beiden anderen Mädchen. Vielleicht wird

Rosa eines Tages die Hand ihrer kleinen Schwester ergreifen und sie werden so weit wie möglich weg von Algerien fliehen? Wo sie weder Erinnerungen noch Wurzeln noch Familienbande erreichen können, wo sie neu erblühen können wie Blumen, die niemand mehr ausreißen will.

Wir alle träumen vom gelobten Land, in dem das Leben schön und ohne Brutalität und Unrecht verlaufen kann. Dieses Land muss es doch irgendwo geben. Unter Freundinnen reden wir davon wie von einer letzten Zuflucht für unsere Einsamkeit, wir beschreiben es, erbauen es, malen es uns aus, wie kleine Mädchen, die sich ihr Leben vorspielen. Wir denken gerne daran, als verschaffe uns das die Kraft, die Mauern um uns herum zu versetzen. Das hat nichts mit Jungmädchenträumen vom Märchenprinzen zu tun. Es ist eine kleine Utopie, die unseren Geist erfüllt, damit wir nicht völlig verzweifeln, uns nicht in einem Vorortbadezimmer oder einem algerischen Hammam die Adern aufschneiden.

Kbira hatte keine Zeit, sich eine kleine persönliche Enklave zu bauen, in die sie sich hätte hineinzwängen können, um das Geschrei ihres Onkels nicht mehr hören, diesen fettigen, stinkenden Körper nicht mehr drohend auf sich zukommen sehen, die feuchten, angsterregenden Mauern um sich herum nicht mehr spüren zu müssen. Sie war zu jung und unschuldig und hatte nicht genügend Kraft und Fantasie. So hatte sie es vorgezogen, dieser Welt nicht mehr anzugehören. Sie hatte keine Lust zu kämpfen. Man hatte sie mit Brutalität behandelt, gebrochen, und sie reagierte nicht mehr.

Manchmal träume ich von ihr. Mir bleibt von ihr ein unklares Bild, das sich laufend verändert. Je mehr die Zeit vergeht, desto fröhlicher sehe ich sie, ich höre sie singen und Tanzschritte ausführen. Als enthüllte sich nach dem Tod immer mehr ihre künstlerische Seele.

Die Presse hat mit unpassenden Schlagworten und alles miteinander vermischend von dieser Tragödie berichtet: der Wahn eines Vaters, das Verbrechen eines Onkels, der Islam, die Situation in Algerien, die Immigration, die Kriminalität, die Toleranzschwelle usw. usf. Mein Vater hatte recht: Sie reden nur von uns, wenn uns ein Unglück zustößt. Ein rassistisches Verbrechen ist nötig, eine Schlägerei zwischen rivalisierenden Verbrecherbanden, bestehend aus Urfranzosen und Nordafrikanern, in einer Kneipe, eine Tragödie wie der Selbstmord eines Mädchens oder der Tod einer kleinen Malierin an den Folgen einer Beschneidung. Ein Überfall auf eine Tankstelle ist nötig oder eine Ausweiskontrolle, die mit einer Kugel im Rücken eines Arabers endet. Erst dann sind wir interessant genug für das Fernsehen und die anderen Medien. Ein ruhiges Leben, das Glück, in Frieden zu leben, sind kein Stoff für gute Storys oder dicke Schlagzeilen. Wer will schon Fernsehteams mobilisieren, um ganz Frankreich mitzuteilen, dass die Familie Belaïd ein beschauliches Leben führt, dass der Vater ganz normal arbeitet, die Mutter sich hervorragend um ihre Kinder kümmert, die Drogenhändler dieser Familie aus dem Weg gehen, die Mädchen ein freies Leben führen, die Jungen an der Universität studieren, kurzum, dass alles, alles in Ordnung ist.

Das wäre doch aber eine tolle Sendung: »Meine Damen und Herren, wir freuen uns, Ihnen eine glückliche nordafrikanische Familie vorzustellen, in der es weder Drogensüchtige noch Arbeitslose oder Schmuggler gibt, in der die Mädchen weder Kopftuch noch Schleier tragen, in der ein fast naturgegebenes Gleichgewicht herrscht. Eine in ihrem Viertel geachtete und beliebte Familie, die Lust macht, Nordafrika, den Islam und die ganze arabische Welt mit anderen Augen zu sehen. Eine Familie, wie es sie sicher zu Tausenden gibt, über die aber nie gesprochen wird, denn das kommt niemandem in den Sinn, denn die Mentalitäten bleiben verknöchert in ihren Gewohnheiten und Vorurteilen. Doch eine solche ideale Familie gibt es. Wir haben sie getroffen. Übrigens tritt die älteste Tochter Nadia bei den Wahlen als Kandidatin für die Grünen an …!«

In der Tat war ich Kandidatin für die Parlamentswahlen und hatte sogar eine kleine Chance, einen Sitz zu gewinnen. Ich musste nur die Kommunistische Partei bezirzen, sie überzeugen, uns ihre Stimmen zu geben, kurzum, mich mit Bourru verbünden! Die Kommunisten hatten in diesem Wahlbezirk keinen Kandidaten aufgestellt, verfügten aber über ein beträchtliches Arsenal an Stimmen, das sie versilbern wollten. Ich bestand darauf, unter vier Augen mit Bourru zu verhandeln. Er und ich wussten als Einzige, dass wir noch etwas zu regeln, eine alte Rechnung offen hatten. Das war eine meiner Bedingungen.

Wir trafen uns also in einer Kneipe im Bahnhof Saint-Lazare. Er war alt geworden, hatte einen Bauch und war sehr viel weniger selbstsicher als damals, als er kaum das

Wort an mich gerichtet hatte. Er schien sich unwohl in seiner Haut zu fühlen. Seine Partei vertraute ihm nicht mehr wirklich. Ich hatte mich nach seiner Stellung im Parteiapparat erkundigt: nicht gerade glänzend, außer dass er noch Unterstützung von Seiten der Gewerkschaften hatte. Er konnte noch Stimmen beeinflussen. Ich schlug ihm folgenden Handel vor: Ich vergesse die Sache mit unserem auf seine Entscheidung hin abgerissenen Haus und im Gegenzug besorgt er mir die Stimmen seiner Partei. Am Anfang behauptete er, keinen wirklichen Zusammenhang zu sehen zwischen dieser alten Geschichte und den nächsten Wahlen. Da irrte er sich: Mithilfe mehrerer Rechtsanwälte hatte ich eine umfangreiche Akte zusammengestellt zu der illegalen Entscheidung der Gemeinde, unsere Familie zu enteignen und das Haus niederzureißen. In den fünfzehn Jahren hatte ich zahlreiche Anschuldigungen gegen die Gemeinde zusammengetragen, die bewiesen, dass hinter dieser angeblich stadtplanerischen Sache in Wahrheit Korruption steckte. Dort, wo unser schönes Haus gestanden hatte, war ein Supermarkt aus dem Boden gestampft worden! Bourru beschuldigte mich der Erpressung. Ich berief mich im Gegenzug auf mein Recht auf Vergeltung und meinen Durst nach Gerechtigkeit. Er legte seine humanistischen Überzeugungen dar. Ich lachte nur. Er versuchte sich reinzuwaschen und die Verantwortung einem Gemeindevertreter anzuhängen, der in der Zwischenzeit aus der Partei ausgeschlossen worden war. Da lag er schief: Der Mann hatte der Partei angeekelt den Rücken gekehrt und mir mit für Bourru kompromittierenden Dokumenten geholfen.

So robbte ich nach vorne, den Körper in Angriffshaltung, die Erinnerung in Schach, voller Wut zum Siegen, mit dem Willen, dorthin zu gelangen, wohin es noch kein Kind eines Arabers geschafft hatte. Kinder von Portugiesen, Spaniern, Jugoslawen oder Armeniern hatten ihre Herkunft in Vergessenheit geraten lassen; einige waren Minister oder Parlamentarier geworden. Vielleicht war nun ich an der Reihe, eine neue Bestimmung zu leben, die im Prinzip hochgeborenen Personen vorbehalten war, die für das Volk sprechen zu können glauben und sich doch meilenweit von seinen Problemen entfernt aufhalten. Falls ich gewählt würde, könnte man mir wenigstens nicht vorwerfen, nicht dem Volk anzugehören!

Plötzlich war es schwindelerregend, sich über die täglichen Sorgen zu erheben und von ganz oben dieses Tal-im-Nirgendwo zu betrachten, das ich von unten bis in die kleinsten Einzelheiten kannte. Ich fühlte mich den Sternen nahe und streckte die Arme aus, als könnte ich sie berühren. Ich schwebte im Himmel, von einer Wolke zur anderen, mit lichtdurchfluteten Augen, entspanntem Körper, freien Gedanken, dachte nicht mehr an Bourru und sah mich bereits als gewählte Abgeordnete, mich, die kleine Berberenkelin von Mohand, der am 12. Juli 1932 in Frankreich angekommen war, um in der Fabrik zu arbeiten, weder lesen noch schreiben konnte, aber eine große Familie zu ernähren hatte, die er in Tadmaït zurückgelassen hatte.

Mein Vater war zuerst Hirte gewesen, dann Bauer, dann Maurer bei Algerienfranzosen. Eines Tages war sein Vater erschöpft und ausgelaugt in sein Dorf zurückgekehrt. Ohne zu diskutieren hatte mein Vater sich am 27. August 1961 auf den Weg gemacht, um ihn auf seiner Arbeitsstelle in der Metropole zu ersetzen. Und heute ich, Nadia, in Frankreich geboren, mit französischem Pass, aber noch mit algerischem Boden an den Fußsohlen, ich, die Rebellin, die nicht nur als Beur der zweiten Generation gesehen werden will, ich stelle mich auf zu den Parlamentswahlen, und warum nicht morgen zum Europaparlament?

Doch ich muss einen klaren Kopf behalten. Ja, beruhige dich, nimm ein Glas Wasser, trink langsam, atme regelmäßig, beherrsche deine Gefühle ... O Nadia, du entgleitest mir, ich habe Angst um dich, ich fürchte sehr, du wirst fallen und dir etwas brechen ... Zum Beispiel deinen Willen oder deine Leidenschaft oder deine Tugend! Sei dir doch darüber im Klaren: Du willst in die Politik, und das heißt, Umgang haben mit nicht sehr sauberen Leuten ... Setz dich einen Augenblick hin, sieh dich um, summe ein Lied voll Nostalgie, die hier nichts mehr zu suchen hat, reih die Worte nacheinander auf, streu Musik dazwischen ... Besuche deine Mutter, erzähle ihr, was du tust, vertraue ihr deine Pläne an, sie wird dich verstehen. Sag ihr, dass ihre Tochter jemand Bedeutendes wird, in das Parlament kommt, dass sie dort nicht die algerische Fahne, aber die eines anderen Frankreichs hissen wird. Sprich leise zu ihr, sie braucht es, deine Stimme zu hören. Seit Vater gestorben ist, bist du nicht mehr oft zu Hause. Darunter leidet sie bestimmt. Du fühltest dich immer deinem Vater näher; das war dein gutes Recht. Doch verlasse sie nicht, sie hat ihren

Aberglauben. Vergiss auch Titom nicht; er schweigt, aber auch er wartet auf dich.

O Nadia, der brennende Schmerz, den das Unrecht deiner Familie zugefügt hat, ist immer noch spürbar. Du allein kannst ihn überwinden, du allein kannst seine Spuren auf den abgearbeiteten Händen deiner Mutter und auf dem zerfurchten Gesicht Titoms ausradieren. Du allein kannst die Erinnerung daran in die ungestüme Menge all derer zurückschleudern, die euch immer noch von oben herab betrachten, als seiet ihr allem entfremdet, nicht nur diesem Land, sondern auch euch selbst.

O Nadia, deine Erinnerung ist zugleich jung und schwer, lebendig und alt. Du hast von deinem Großvater und dann deinem Vater einen Sack Erde aus Tadmaït geerbt, ein Kilo Erde, die nach Boden riecht, das Erbe der Armen von Generation zu Generation. Wirst du ihn eines Tages an deine eigenen Kinder weitergeben? Ich denke nicht. Schon jetzt fragst du dich, was du damit anfangen sollst: ihn in einen alten Koffer stecken oder diese Erde in französischem Boden begraben, wie man dort ehemals all die Leichen der nordafrikanischen Soldaten verscharrte?

O Nadia, du musst dich jetzt oder nie fragen, wer du wirklich bist, auch wenn du weißt, wo du geboren bist und woher deine Familie kommt. Lerne den Dingen ins Auge zu sehen. Lüge nicht. Belüge dich nicht selbst. Mach dir nichts vor. Nun, da du an der Schwelle zu einer neuen Etappe stehst, mach dir klar, wer du bist und wohin du gehst. Was tust du mit all dem Gepäck im Keller, mit den randvollen Kisten aus einem fernen Heimatland, das dich langsam vergisst? Einem Land, das seinem exilierten Volk den Rücken gekehrt hat. Das verblutet. Das brennt und unter dem gleichgültigen Blick des Himmels und der restlichen Menschheit zu Asche zerfällt.

Dein Vater trug Spuren alter Wunden in seiner Erinnerung. Er lebte damit, ohne daraus eine Tragödie zu machen. Diese Erinnerung hat sich zu der deinen gesellt und seither gerät alles durcheinander. Du weißt nicht mehr genau, was du selbst erworben und was du ererbt hast. Deine Erinnerungen vermischen sich mit anderen, die zu einer Zeit niedergelegt wurden, als du noch nicht einmal geboren warst. Weißt du wenigstens das? Unterscheidest du zwischen den Kriegsjahren, der Unabhängigkeit und diesen Tagen der Katastrophe und des Irrsinns, wo sich das Land zerfleischt, von den eigenen Kugeln zerfetzt wird, an selbstmörderischem Wahn zugrunde geht?

In deinem Kopf musst du wieder Ordnung schaffen, darfst die Erinnerungen nicht mehr miteinander verschmelzen, du musst wieder jedes Ding an seinen Platz stellen, musst Kästchen und Schubladen schaffen, auf die du Etiketten klebst: *Vaters Algerien: 1925–1961, Vaters Frankreich: 1961–1991*. Und der Rest gehört dir, dir allein. Du kannst ihn mit denjenigen teilen, die du geliebt hast. Doch kannst du das alles überhaupt einordnen? Am wohlsten fühlst du dich doch in einem Mischmasch. Reinheit ist dir ein Graus. Gibt es die Reinheit überhaupt? Du vermischst das Leben deines Vaters mit deinem eigenen? Das ist doch ganz natürlich. Du bist gegen das Vergessen, auch wenn du weißt, dass du es manchmal brauchst …

Ich war in diese Art Gedanken versunken, als mich Yahia und Ali im Büro des Vereins aufsuchten. Sie hatten sich einen Bart stehen lassen und gaben sich aggressiv. Ich kannte sie ein wenig, wusste schon immer, dass sie sich eines Tages den Islamisten anschließen würden. Yahia, der Politischere der beiden, ergriff das Wort:

»Wir kommen, um dir unsere Hilfe für deinen Wahlkampf anzubieten. Wenn du gewählt wirst, ist das gut für uns. Diese ungläubigen Franzosen müssen lernen, uns anzuhören und zu respektieren. Darum geht es, meine Schwester. Andererseits müssen wir dir sagen, dass wir nicht gerade zufrieden mit dir sind. Die Brüder sind der Meinung, dass du die Frauenfrage zu sehr in den Vordergrund stellst. Halte dich da raus! Wir waren nicht erbaut über dein Eingreifen im Fall der Familie El Hadj. Der Vater hatte den Mut, seine Töchter aus diesem Land zu entfernen, wo es keine Scham mehr gibt, und du alarmierst die Presse und machst einen Skandal. Das Ergebnis: Die ganze Familie ist abgereist und wir hören nichts mehr von El Hadj, der seine Beiträge immer regelmäßig bezahlt hat!«

»Ihr seid nicht konsequent: Einerseits wollt ihr mich unterstützen, andererseits behindert ihr mich! Und doch hängt alles zusammen. Wir kommen nicht voran, wenn sich die Situation der Mädchen nicht ändert.«

»Hör zu: Lass die Mädchen in Ruhe. Ist das klar? Keine Einmischung. Frankreich hat seine Nase da herauszuhalten!«

Ali, der bisher geschwiegen hatte, auch wenn er jeden Satz Yahias mit einem Nicken bekräftigte, sagte: »Meine

Schwester, es ist gut, wenn du Abgeordnete wirst. Doch wenn du es nicht wirst, ist das auch nicht schlimm. Je weniger die Frauen tun, desto besser geht es uns.«

Yahia versuchte, die Diskussion zu beruhigen.

»Keine Drohungen! … Du musst wissen, wir sind bis zu einem bestimmten Punkt einig mit dir. Wir tun die gleiche Art von Arbeit: Wir gehen gegen Drogen und Prostitution vor, wir säubern die Stadt. Doch wir wollen den Jugendlichen darüber hinaus ein wenig von unserer Kultur mit auf den Weg geben. Frankreich hat uns vergessen. Die Linke wie die Rechte haben vergessen, dass es uns überhaupt gibt. Erinnerst du dich an den Marsch für Gleichheit, SOS Rassismus und das ganze Geschwafel? Heute brauchen wir das alles nicht mehr. Wir kommen ganz allein klar. Wir leihen dir Arme aus, um deine Wahlplakate zu kleben, sammeln Geld für dich, unterstützen und beschützen dich. Im Gegenzug lässt du unsere Mädchen in Ruhe. Darum kümmern wir uns selber. Wir haben Schwestern ausgebildet, die sehr gut arbeiten. Sie verteilen Kassetten, auf denen der Scheikh für sie vom ursprünglichen Islam spricht. Wenn wir sie sich selbst überlassen, gehen sie unter.«

»Glaubt ihr nicht, dass zum Beispiel El Hadjs Töchter für immer verloren sind?«

»Er hat recht gehabt, sie nach Hause zurückzuschicken. Der Beweis: Sie waren schlechte Musliminnen, eine hat sich umgebracht. Ein guter Muslim entscheidet nicht über das Ende seiner Tage, das ist Gottes Sache. Selbstmord ist im Übrigen auch bei Christen und Juden verboten … Doch zurück zu unserer Sache: Wir wollen mit dir und deinen

Freunden einen Pakt schließen. Mach so viel Politik, wie du willst, aber kümmere dich nicht um die Mädchen.«

»Sonst?«

»Sonst, meine Schwester, kann schnell ein Unglück passieren.«

Ali mischte sich ein: »Meine Schwester, du bist nicht verheiratet? … Man sagt, du triffst dich mit einem Christen, einem, der nicht einmal beschnitten ist, Schweinefleisch isst … Das ist aber gar nicht gut!«

Yahia fügte hinzu: »Weißt du, dass du in Sünde lebst? Wir mögen es gar nicht, wenn eine unserer Schwestern in Sünde lebt …«

Sie quatschten sich aus, machten sich lustig und stießen Drohungen aus – ich ließ sie ungerührt und ohne zu reagieren schimpfen. Ich hatte begriffen, dass es nicht zu ihren Gewohnheiten gehörte, mit jemandem im Dialog zu reden. Ich erhob mich und zündete mir eine Zigarette an, nur um sie vollzurauchen und ihnen klarzumachen, dass ihr Pakt mich nicht interessierte. Diesen Leuten gegenüber erscheint das kleinste Zugeständnis wie eine Schwäche oder ein Rechtfertigungsversuch. Ich lachte innerlich, wenn ich an Marc, meinen unbeschnittenen Christen, dachte!

»Ich brauche eure Unterstützung nicht. Sollte ich gewählt werden, dann lieber ohne euch etwas schuldig zu sein. Wir haben nichts gemeinsam zu schaffen. Geht anderswohin predigen. Hier entscheide ich allein, wie mein Leben aussehen soll. Ich gehe aus, mit wem ich will, und tue, was ich will!«

»Aber meine Schwester, du lebst gefährlich!«, rief Yahia.

Ich riss die Tür auf und schob sie hinaus. Doch es war, als wollte man Fliegen von einer Müllhalde verjagen. Was sollte das alles bedeuten? Ich würde sie bald wieder auftauchen sehen.

Lahcen, ein Berber aus Südmarokko, stürmt mit verstörter Miene in das Vereinslokal, setzt sich hin und schweigt. Ich kenne ihn gut. Er arbeitet seit dreißig Jahren bei Citroën. Ich habe mich um seine Tochter Naïma gekümmert, die es bis zum Abitur geschafft hat und in einem Heim für Pflegebedürftige arbeitet. Im Gegensatz zu anderen Migranten seiner Generation kann Lahcen lesen und schreiben. Er erzählt mir, dass Naïma ihre Stelle aufgegeben hat und mit einem Franzosen weggegangen ist, dessen Mutter im Heim ist. Er ist unglücklich, fast weint er. Naïma ist hübsch, dunkles Kraushaar, nussbraune Augen, der Körper einer Meerjungfrau. Sie mochte ihre Arbeit nicht. Mit achtzehn wollte sie zum Film, eine leidenschaftliche Liebe erleben, viel Geld verdienen. Klassische Jungmädchenträume, Träume aus Stanniolpapier, die glanzvoll beginnen und in der Gosse eines Hafenviertels in Deutschland oder Italien enden könnten … Vielleicht arbeitete Naïma schon als Nutte in Neapel oder Hamburg?

Lahcen standen Tränen in den Augen, seine Kehle war wie zugeschnürt und er sah zu Boden. Die Schande überflutete ihn, hinderte ihn am Sprechen. Er sagte schließlich: »Naïma, meine kleine Naïma ist in Italien. Hilf mir, sie wiederzufinden!« An einem Abend, an dem sie in depressiver Stimmung war, hatte Naïma bei den Nachbarn angerufen und eine Telefonnummer hinterlassen. Der Vater hatte mehrmals versucht zurückzurufen, doch er war jedes Mal nur auf einen Anrufbeantworter gestoßen. Lahcen war zu allem bereit, um seine Tochter wiederzufinden. Er wiederholte immer wieder: »Die Schande, die Schande zerstört mein Leben. Ich kann mein Gesicht nicht mehr auf der Straße zeigen. Ich habe den Eindruck, die ganze Fabrik weiß Bescheid. Ich schleiche an den Hauswänden entlang, wage nicht mehr, den Blick zu heben. Die Ehre meiner ganzen Familie ist besudelt. Hilf mir! Wir müssen dorthin fahren, das ist der einzige Weg. Mein Leben ist ins Stocken geraten. Meine Frau denkt, Naïma arbeite immer noch in einem Altenheim, sie habe die Stelle gewechselt, aber nicht den Beruf. Sie hat keine Ahnung, was uns zustößt. Wir müssen Naïma nach Hause zurückbringen und diese ganze Geschichte ausradieren, als hätte es sie nie gegeben …«

Wir entschieden, in Nullkommanichts nach Neapel zu reisen. Es passte mir gut: Ich wollte in Italien mit mehreren antirassistischen Gruppierungen Kontakt aufnehmen. Ich dachte immer öfter daran, mich später einmal für die Europawahlen aufzustellen. Alles in allem wäre die Wahl einer Beur nach Straßburg eine schöne Vergeltung, falls ich es bei den Parlamentswahlen nicht schaffen sollte. Ich musste mich also bewegen, durch Europa reisen, die Zukunft vorbereiten …

Ich fühlte mich ein wenig für Naïma verantwortlich. Ich mochte dieses intelligente, feinsinnige Mädchen, das so anders war als die anderen Jugendlichen. Ein gut erzogenes Mädchen, aufgeklärt, bei verständnisvollen Eltern aufgewachsen, in einem geschützten Milieu: Wer hätte ahnen können, dass sie auf die schiefe Bahn geraten würde? Ich sah sie vor mir, noch ganz jung, mit Blumen und einer Einladung zum Abendessen in ihrer Familie. Sie zeigte mir ihre Hefte und sogar ihr Tagebuch. Ihre Schwestern und Brüder waren ziemlich gut in der Schule. Der Vater half ihnen bei den Hausaufgaben und achtete darauf, mit wem sie verkehrten. Als Omar, der jüngste Sohn, einen Ausflug nach Paris machte und seinem Vater erzählt hatte, er werde die Moschee von Mureaux besuchen, abends aber nach Bier stinkend nach Hause kam, reagierte Lahcen mit ruhigem, entschiedenem Zorn. Omar durfte zwei Wochen lang nicht fernsehen und musste das erste Kapitel des Romans »Die Elenden« von Victor Hugo in ein Heft abschreiben.

Ich wäre am liebsten sofort zu der Suche nach Naïma aufgebrochen, hätte ganz Italien abgegrast, die verschiedenen Spuren verfolgt, bis ich sie gefunden hätte. Ich hätte mit ihr reden, sie überzeugen können, mit mir zurückzukehren. Ich erweise Leuten gerne einen Dienst. Doch in diesem Fall hatte ich nicht die Mittel dafür. Ich versprach Lahcen, Freunde in Italien anzurufen, die die Suche an meiner Stelle aufnehmen würden. Er war nicht beruhigt. Seine Augen flehten mich an, mehr zu tun, selbst hinzufahren. Er zog ein Bündel Zweihundert-Francs-Scheine aus der Tasche:

»Das ist für deine Reisekosten.«

Ich lehnte ab, bat ihn, mir etwas Zeit zu lassen. Er ging mit gesenktem Kopf und wischte sich die Tränen aus den Augen. Er tat mir leid. Dabei war er nicht der erste nordafrikanische Vater, dem eines seiner Kinder entschlüpft ist.

In unseren Kreisen laufen Jugendliche oft davon. Fluchten sind wie Notausgänge. Gewöhnlich dauert es nicht sehr lange: ein paar Nächte draußen, ein paar angenehme Schauer, man stellt sich auf die Probe, dann kehrt man nach Hause zurück, voll Stolz, etwas anderes ausprobiert zu haben.

Warum bin ich selber eigentlich nie abgehauen? Wie kommt es, dass mir nicht einmal der Gedanke dazu gekommen ist? Vielleicht, weil ich nicht flüchten musste, um mich frei zu fühlen?

In jener Nacht wechselten sich in meinem Traum komische und makabre Bilder ab. Das Gesicht der schönen Naïma verfolgte mich. Ich sah es inmitten einer Gruppe von Transvestiten und dicken nackten Frauen auftauchen, dann verschwand es und erschien erneut inmitten von merkwürdigen mechanischen Gestalten. Wenn es sich wenigstens um einen Film von Fellini gehandelt hätte! Doch es war kein Kino, der Ort erinnerte eher an eine Spelunke in einem Armenviertel, ein Stelldichein für Verbrecher, Drogenhändler, Zuhälter.

Zuerst waren die Bilder knallbunt, dann wurden sie grau und schließlich ganz weiß, wenn ich versuchte, sie festzuhalten. Naïmas Gesicht verflüchtigte sich immer wieder. Bald erschien dafür mein eigenes Antlitz an der Wand.

Ich kannte Italien nicht. In meinen Träumen konnte es sich dennoch nur um Neapel handeln. Unbeschwerte Schwarzafrikaner verkauften nachgemachte exotische Handwerksgegenstände. Nordafrikaner boten den Passanten Feuerzeuge, Papiertaschentücher, Kitschkugelschreiber und die Zeit ansagende Papageien an. Ich suchte nach Italienern, fand aber keine. Vielleicht hatte ich mich im Zug, im Land oder im Traum geirrt?

An dem Herbstmorgen, als ich tatsächlich ankam, wirkte der Bahnhof von Neapel wie ein Armenhaus, in dem sich alles außerhalb von Recht und Gesetz abspielte. Es gab dort jedoch ein ungeschriebenes Gesetz, etwas, das diese aus dem Ruder geratene Menschenmasse zusammenhielt. Die Schwarzafrikaner standen im Dienst der Nordafrikaner, die wiederum für die Zigeuner arbeiteten, die ihrerseits ihre Befehle von unsichtbaren und sehr mächtigen Italienern erhielten. Alle liefen in alle Himmelsrichtungen. Die Kinder waren wohl die Zwischenträger zwischen den Banden. Sie wuchsen mittendrin auf und lernten in der Praxis. Die Hackordnung funktionierte reibungslos: Migranten ohne Papiere, ohne Arbeit, Arme, die zu überleben versuchten, beuteten sich gegenseitig aus unter dem erbarmungslosen wachsamen Auge der kleinen Camorrabosse. Ich dachte nicht mehr an Naïma. Dieses Riesendurcheinander versetzte mich in einen Taumel. Ich dachte lieber an unsere Gemeinde, an unsere Probleme mit der Kriminalität: Nahm der Bahnhof von Neapel nur die Zukunft von Resteville vorweg, die Zukunft aller Vororte? Auf der einen Seite vom flachen Meer umspült, auf der anderen von Müllhalden eingezwängt. Schwarz gekleidete alte Frauen hockten am Eingang düsterer kleiner Gassen, Straßenhändler, kecke diebische Kinder, die junge Mädchen neckten: Neapel häuft alle Unordnung der Welt an. Es macht sich über die lustig, die es zu richten wagen und denen die Spucke dennoch tief im Hals stecken bleibt. Neapel liebt von Sonne unbelichtete Plätze, grundlose Schlägereien, das Übertreten von Regeln, alle Arten von Schmuggel und schöne Ausländerinnen …

Ich konnte mir nicht vorstellen, was Naïma in diesem Labyrinth zu suchen hatte.

Ich war mit Paolo verabredet, dem Vertreter von SOS Rassismus für das südliche Italien. Ich hatte ihm den Grund meiner Reise verschwiegen. Er erwartete mich in einem Café, hatte die Anstecknadel mit der »solidarischen Hand« am Revers und las *Il Manifesto*. Ein schöner Mann, etwas schüchtern. Sobald er mich sah, stand er auf und drückte mir die Hand. Das Gespräch kam sofort auf die rassistischen Übergriffe gegen Schwarzafrikaner in Giliano. Er zeigte mir Zeitungsausschnitte, Fotos, erzählte von einem für den Freitagabend geplanten Meeting. Auf einem Bild sah man ein zu Asche niedergebranntes Haus, das neofaschistische Aktivisten angezündet hatten. Dort hatte eine ghanaische Familie gelebt. Er sagte mir, dass in Salerno Nigerianer von einer Jugendbande verprügelt worden waren, die sich mit allen Mitteln gegen die Anwesenheit von Ausländern in Italien wehren wollte. Die Polizei sah darin kein Anzeichen von Rassismus. Für sie handelte es sich um normale kleine Ausschreitungen wie die Schlägereien zwischen Dealern und Zuhältern.

Konnte er mir etwas über die Herkunft der Mädchen sagen, die hier als Prostituierte arbeiteten? Ich dachte an Naïma und zog den Zettel mit der Telefonnummer heraus, die sie angegeben hatte. Er lieh mir eine Telefonkarte und ich rief aus einer Kabine an. Ich stieß auf ein Büro oder eine Verwaltung; die Telefonistin bat mich, am Apparat zu bleiben. Ich legte auf. Bestimmt hatte ich mich in der Nummer geirrt. Dann erklärte ich Paolo, warum ich eigentlich gekommen war. Er war etwas erstaunt. Seiner Meinung nach stammten die meisten Prostituierten in Neapel aus Sizilien oder Kalabrien, es gab nur wenige Ausländerinnen: einige Schwarzafrikanerinnen, Mädchen aus Cabo Verde, aber keine Nordafrikanerinnen. Er war sich sicher: SOS Rassismus hatte im Übrigen eine Untersuchung zur Prostitution in Neapel durchgeführt.

Ich bat ihn, mir bei der Suche nach Naïma zu helfen. Er rief dic Telefonnummer an, sprach mit jemandem und sagte mir dann, es handele sich um eine Werbeagentur und niemand dort kenne meine Freundin.

Ich begleitete Paolo bei seiner Arbeit. Der Rassismus entwickelte sich auf dem Hintergrund einer Krisensituation in einer Gesellschaft, die von den unterschiedlichsten Händlern von innen ausgehöhlt wurde. Die illegalen Migranten, die in der Stadt herumlungerten, waren aus Überlebensnot zu jeder Arbeit bereit. Die kleinen Zigarettenschmuggler waren mittlerweile Drogendealer und benutzten sie, um ihre Drecksware an den Mann zu bringen.

An jenem Abend nahm ich an einem Meeting teil und überbrachte den Italienern die Solidaritätsbotschaft der Aktivisten von Resteville. Ich redete mit ihnen über den kommenden Europawahlkampf. Ich dachte nicht mehr an Naïma. Ich fühlte mich aufgehoben in einer starken organisierten

Protestbewegung. Die Kommunistische Partei hatte in Italien den Namen und die Linie gewechselt. Sie war links geblieben, jedoch ohne Dogmatismus. Ich musste wieder an Bourru denken, an seine Partei, die jede Veränderung allergisch ablehnte. Dieses bewegte und rebellierende Italien wärmte mir das Herz.

Nachts wirkt Neapel wie eine Edelnutte mit vorgefertigten Sätzen und unechtem Schmuck. Es scheint, als höre es nie auf zu leben, zu spielen und sich zu belügen. Ich übernachtete bei Paolo. Wir diskutierten bis spät in die Nacht. Es tat mir gut, aus Resteville weg zu sein, andere Stimmen zu hören. Es machte mir richtigen Spaß, fern von zu Hause zu sein.

Am nächsten Tag hatte ich Naïma nicht vergessen, auch wenn ihr Gesicht nicht mehr alle meine Träume besetzt hielt. Ich ging spazieren, und da sah ich das Plakat. Ein Riesenplakat mit einem hingestreckten nackten Mädchenkörper. Sie lag auf dem Bauch, ihr Kopf war leicht geneigt, ein verschmitztes Lächeln spielte um ihre Lippen, üppiges Haar verbarg einen Teil ihres Gesichts. Das junge Mädchen schien nichts zu verkaufen. Oder sollte es sich um das Sofa handeln, auf dem sie lag? Man sah ihren perfekten Po sich abzeichnen, ihre Taille, ein Stück auf das Leder gequetschten Busen. Ich ging näher und rieb mir die Augen. Sie war es wirklich: Naïma, schöner denn je, blühend, sicher glücklich. Naïma, die ihren Körper einfach so zur Schau trug. Nicht ganz: Als ich um die Ecke ging, sah ich das gleiche Bild auf einer anderen Schautafel und diesmal stand in

Großbuchstaben der Name des berühmten Kleidermoguls darauf: ARNOLDO BENEDETTO.

Naïma war also nicht auf die schiefe Bahn geraten. Sie war kein Opfer des Sklavenhandels mit weißen oder braunen Frauen. Sie war ein Werbestar. Ich brauchte sie also nicht in Neapel zu suchen, sondern eher in Mailand, Turin oder Rom. Ich sah mir das Plakat immer wieder an. Sie war es, kein Zweifel. Wie sollte ich bloß Kontakt mit ihr aufnehmen?

Paolo kannte bestimmt niemanden in den Kreisen. Er stellte mir Pietro vor, einen Journalisten von *Il Mattino*, der großen neapolitanischen Tageszeitung. Pietro war jung und neugierig. Er arbeitete für das Feuilleton und schrieb ab und zu über Gesellschaftsprobleme. Unter anderem hatte er zu den provozierenden Werbemethoden des Modemoguls recherchiert. Mit der jüngsten Kampagne hatte Benedetto auf schockierende Bilder verzichtet und sich für die Einfachheit eines hübschen nackten, noch zu bekleidenden Körpers entschieden. Aber vielleicht wollte der Kunde dieses schöne Mädchen gar nicht angezogen sehen?

Pietro hatte Naïma sogar getroffen. Sie war zu Arnoldo Benedettos Muse geworden. Der italienische Geschäftsmann hatte sie aus den Fängen einer Modellagentur entrissen, um aus ihr einen Star zu machen. Sie war exotisch genug, um den Europäern zu gefallen, ohne ihre Fremdenfeindlichkeit offen zu stören. Sie war natürlich und unschuldig genug, ihre Luxusträume zu verkörpern, mit einem Bein in der Bilderwelt und dem anderen in der Welt eines Milliardärs, der seine Produkte auf der ganzen Welt verkaufte. Ich blätterte in mehreren Frauenzeitschriften und sah überall ihren Körper: zusammen mit Joghurt, Schönheitscremes, Seidenunterwäsche, Autos, Pelzen … Diese Werbefotos mussten aus der Zeit stammen, als sich Benedetto noch nicht das Monopol ihres Bildes gesichert hatte.

Naïma war also gekauft worden. Wahrscheinlich lebte sie zwischen Mailand, New York, London und Tokio. Ich hatte keinerlei Möglichkeit, sie zu treffen, einen Moment mit ihr zu verbringen. Pietro riet mir dennoch, nach Turin zu fahren. Er gab mir eine Adresse und die Namen einiger Leute, die Kontakt hatten zur Firma Benedetto.

Zwischen Neapel und Turin bummelt der Zug einen ganzen Tag lang, hält alle naslang und nicht immer nur in Bahnhöfen. Merkwürdiges Italien, wo die Züge einen mit Langsamkeit, Faulheit und Langeweile versöhnen … Mir gegenüber führte eine Art alter Professor Selbstgespräche, es wirkte manchmal so, als richte er das Wort an mich. Manchmal beugte er sich nach vorn, wie um mich als Gesprächspartnerin einzubinden. Durch seine Mimik und obwohl ich nur jedes dritte Wort verstand, hatte ich den Eindruck, er erzähle eine Liebesgeschichte, seit Jahren die gleiche. Niemand antwortete ihm.

Ich stieg in Turin aus, wo mich Pietros Freund erwartete. Die Freundschaftskette funktionierte bestens. Ich fand die Stimmung wieder, die es unter Franzosen gegeben hatte, als wir 1983 den Marsch für die Gleichheit antraten. Ottavio stand mitten im Haupteingang mit der Zeitschrift *Amica* in der Hand. Auf dem Titelbild prangte Naïma, braun gebrannt und wunderbar geschminkt. Ottavio war eher groß, hatte einen struppigen Bart, war rundlich und lächelte warmherzig.

Er kam auf mich zu und rief: »Sie sind so schön wie Ihre Schwester!«

Er bezog sich bestimmt auf Naïma. Ich erzählte ihm von meiner allzu langen Reise. Er schüttelte sich vor Lachen. Glücklich und ungeduldig verschwand er in einem Laden und kam mit einigen Flaschen wieder heraus.

»Ich hoffe, Sie mögen italienischen Wein. Ihre Schwester ist verrückt danach!«

»Wohin gehen wir?«

»Nach Hause. Ich bewohne ein großes Haus. Dort werden wir Ihre Sachen abstellen, dann besuchen wir Freunde, Luigi und Anna, die ein Essen geben. Sie werden sehen, die haben eine noch schönere Wohnung als ich; das ist fast ein Museum.«

»Aber ich bin doch gar nicht eingeladen ...«

»Doch, doch, Sie werden erwartet!«

Bei ihm zu Hause zog ich mich schnell um und wir gingen aus.

Das Haus der Freunde lag auf einem Hügel bei Turin und war eine ultramoderne Villa aus Marmor, mit Sauna und geheiztem Schwimmbad. Luigi war ein Industrieller, der jetzt Kunstbücher herausgab; Anna war Musikerin und vorher Opernsängerin gewesen. Jetzt widmete sie sich der modernen Malerei. Sie waren enge Freunde von Ottavio, der von Beruf Architekt war, aber auch Maler, Zeichner, Restaurantkritiker, Önologe, Schriftsteller, Übersetzer,

Organisator von Theaterfestspielen, Pannenbeheber aller Art, kurzum ein Mann mit vielen Talenten, voll Charme und Großherzigkeit.

Bevor wir bei Luigi und Anna ankamen, kündigte Ottavio eine Überraschung an. Ich hätte es mir denken können. Sobald wir eintraten, wurden die Lichter gelöscht und ich wurde aufgefordert, die Augen weit aufzumachen. Das Licht ging wieder an und ich stand vor Naïma, die so schön und rührend aussah, dass ich kein Wort herausbrachte. Die Naïma, die ich gekannt hatte, das gepflegte Kind, das in der Schule fleißig war, das junge hübsche Migrantenkind, das etwas linkisch war und Arabisch wie in der Familie radebrechte, diese Naïma war in Resteville geblieben. Hier entdeckte ich eine junge gewandte Frau von Welt, selbstsicher, die sich wohlfühlte unter Menschen. In kürzester Zeit war sie gereift und hatte Stil bekommen. Im tiefsten Inneren schämte ich mich, wegen ihrer Flucht das Schlimmste angenommen zu haben. Eine Hure in Neapel oder Hamburg! In Resteville hatten wir entschieden zu wenig Vorstellungskraft!

Man könnte meinen, wir seien erzogen, nur an das Schlimmste zu denken. Als ob unser Geist nur schlechte Neigungen, perverse Absichten, vorprogrammierte Niederlagen entziffern könnte. Wenn wir einen jungen Nordafrikaner in eine Kneipe gehen sehen, zittern wir bereits bei dem Gedanken an die Schlägerei, die ausbrechen, an den Zwischenfall, den seine bloße Anwesenheit auslösen wird. Wenn eine junge Nordafrikanerin ihre Familie verlässt, stellen wir uns sofort vor, wie sie dem sicheren Untergang im

Prostitutions- oder Drogenmilieu geweiht ist, wenn nicht in beidem zugleich. Inmitten unserer schwarzen Gedanken haust eine so winzige, so diskrete Hoffnung! Wie können wir sie wachsen lassen, um nicht immer nur in Tragödien und Katastrophen zu denken?

Naïma hat es geschafft. Wer könnte es wagen, zu behaupten, sie habe ihr Leben nicht gut im Griff?

Doch vielleicht irre ich mich ... Vielleicht ist sie nur ein Modestar geworden, indem sie beschämende Rollen oder Taten in Kauf nehmen musste? ...

Ich bin wirklich unbelehrbar pessimistisch! Auch ich muss aufhören, immer nur an das Böse zu denken!

Wenige Tage später erhielt ich nach meiner Rückkehr in Resteville einen Brief von Naïma. Sie schickte mir eine Geldüberweisung und ein Paket mit Kleidung für ihre Eltern. Die Nachricht war kurz:

Mach Dir keine Sorgen um mich. Ich arbeite im Werbegeschäft, stehe aber mit beiden Beinen auf dem Boden. Ich nehme keine Drogen und prostituiere mich nicht. Ich sage es Dir geradeheraus, denn ich weiß, was man bei uns über Mädchen denkt, die von zu Hause weggegangen sind. Ich bin aus Liebe weggezogen, doch ich lebe von meiner Arbeit. Ich schicke Dir auch ein paar Zeitschriften. Ich präsentiere darin die Bademodenkollektion des nächsten Sommers ...

Ich besuchte Naïmas Eltern und übergab ihnen die Geschenke und das Geld. Ich zeigte ihnen Fotos von ihrer Tochter, Titelbilder von Zeitschriften. Die Seiten, auf denen sie nackt posierte, hatte ich herausgerissen und zeigte lieber die, auf denen sie Pullover anhatte.

Die Mutter weinte. Der Vater schwieg. Nach dem Essen nahm er mich beiseite und flehte mich an, ihm alles zu erzählen: »Ich habe Naïma verloren. Das ist doch alles Tand. Meine Tochter ist eine Ikone geworden, die in den Köpfen der Matrosen und Docker herumspaziert. Wie ist es nur so weit gekommen?«

»Im Moment ist sie weit weg von hier. Doch eines Tages kommt sie wieder.«

Je mehr ich ihn zu beruhigen versuchte, desto überzeugter wurde er, sie sei unwiderruflich verloren.

»In welchem Zustand wird sie wiederkommen? So eine Schande! So eine Schande! Meine Tochter!«

Er erhob sich, ging in die Küche und kam mit einer Schere in der Hand zurück. Er öffnete das Paket und begann systematisch, die von Naïma geschickten Kleider zu zerschneiden. Seine Frau wagte nicht einzugreifen. Sie begnügte sich damit, den Umschlag mit dem Geld an sich zu nehmen und einzustecken.

Der Vater zerschnitt fleißig bunte Stofffetzen und schwieg dabei. Ich begriff, dass man ihn nicht daran hindern durfte. Ich sah ihm nur zu und wartete, bis es zu Ende war. Er reagierte wie ein verletzter Jugendlicher, der den Brief einer verflossenen Liebe zerreißt.

Als er fertig war, sagte ich: »Sie tut nichts Böses. Ihr einziger Fehler ist, schön zu sein.«

»Bei uns wird nicht über Schönheit geredet. Von einer Frau zu sagen, sie sei schön, ist eine Beleidigung. Das ist so, als würde man sie eine Prostituierte nennen. So etwas ist Schamgefühl, meine Schwester, Schamgefühl! Von einem

Kind kann man sagen, dass es schön ist, aber ab einem gewissen Alter darf man nicht mehr davon sprechen ... Naïma stellt ihren Körper zur Schau und ich schäme mich zu Tode! Lieber behaupte ich, sie sei verrückt, sie sei in der Psychiatrie, ja, ich sage lieber, sie sei tot, als zu erzählen, dass sie ihre Schönheit überall zur Schau stellt. Im Übrigen kann sie ihren Körper nicht mehr zeigen, denn sie ist ja tot! Ich werde gleich ihr Begräbnis organisieren. Lieber gelte ich als Narr, der seine noch lebende Tochter begräbt, als dass ich als unwürdiger Vater dastehe. Naïma gibt es gar nicht. Sie existiert nicht mehr. Ich gehe an ihr leeres Grab trauern ...«

Fast hätte es mich umgebracht, diese hehren Prinzipien zu solchen Ungeheuerlichkeiten herabgewürdigt zu sehen. Ich war es satt, zu reden und zuzuhören, als gingen mich die Gewalt, der Schmerz und die Wunden anderer selbst nichts an. Naïma war der Perspektive eines kleinen platten Lebens entkommen. Es lagen zehn Jahre Altersunterschied zwischen uns und die politische Arbeit im Tal-im-Nirgendwo begann mich auszulaugen. Sie hatte ein anderes Leben und ich beneidete sie. Auch ich wäre gern so schön gewesen und hätte dieses Glück gehabt. Ich sah sie mit den Augen der großen Schwester, die mit ihr verschworen war. Die ausgeleierte Moral und die egoistischen Ängste der Eltern waren nicht mein Ding. Jetzt weigerte ich mich, Verständnis für sie aufzubringen. Schließlich beging Naïma keinerlei verwerfliche Handlung. Sie lieh ihr Bild an die Werbung aus, weil ihre Schönheit anerkannt und gefeiert wurde. Schamgefühl? Da müsste man erst mal alles Hässliche verstecken!

Während ich an das Schicksal der glücklichen, erfüllten Naïma dachte, tauchte der Mann meiner Schwester bei mir auf, der »echte Kerl, ganz nach dem Geschmack der Araber«. Er hatte den Zeitpunkt schlecht gewählt. Der Grund seines Besuchs war die Ankündigung, dass seine Tochter Zohra von nun an das Kopftuch tragen werde, und wie um mich vom Eingreifen abzuhalten, fügte er hinzu:

»Wenigstens wird sie so nicht in Italien auf dem Strich landen!«

Zohra war fünfzehn und bildhübsch, sie ging auf die Sekundarschule und hatte gute Noten. Hätte mein Vater noch gelebt, so hätte er es wahrscheinlich nicht zugelassen, dass dieses reizende Kind zugrunde gerichtet wurde … Einmal hatte ich mich als kleines Mädchen aus Spaß von Kopf bis Fuß in weißen Stoff gehüllt. Als mich mein Vater so sah, reagierte er scharf, riss den Stoff herunter und schrie: »Selbst im Scherz will ich bei mir zu Hause kein Gespenst sehen!« Er erinnerte mich daran, dass bei uns zu Hause die Frauen keine Schleier trugen. Nur zum Gebet schlangen sie ein Tuch um den Kopf. Zum Glück hat er uns verlassen, bevor das ganze Theater um das Kopftuch begonnen hat …

Wie konnte ich diesem Holzklotz von Schwager die Suppe versalzen? Ich wusste nicht mehr, wo mir der Kopf stand: Naïmas Vater beruhigen; meine Nichte daran hindern, ihrem Vater zu gehorchen; mit den Umweltschützern verhandeln, damit sie mich bei den Wahlen unterstützten; die Kommunisten zur Ordnung rufen; die Familien eine nach der anderen aufsuchen, um mich als Kandidatin vorzustellen; die Leute überzeugen, eine Araberin zu wählen, die eigentlich eine Berberin ist, eine, die französische Staatsbürgerin ist, sich aber auch als Algerierin fühlt; mit den Islamisten verhandeln, ohne Kompromisse einzugehen; mehr Geld für die Kampagne auftreiben; für Malek posieren, den marokkanischen Fotografen, der auf Hände, Masken und Rücken afrikanischer alter Menschen spezialisiert ist und ihn daran erinnern, dass ich ein Werbefoto brauche und keinen Beleg für archäologische Funde; meine alte Schule besuchen, Eltern der Schüler treffen; ein paar Parlamentsabgeordnete aufsuchen, sie überzeugen, zu Versammlungen im Tal-im-Nirgendwo zu kommen; zum Friseur gehen; einen Termin bei der Frauenärztin machen, um festzustellen, ob meine Schmerzen nicht psychosomatisch bedingt sind; der Zeitung *Le Monde* ein Interview geben; einen Artikel für die lokale Presse schreiben; mit Harlem Désir einen Fototermin wahrnehmen; mit ein paar Bürgermeistern telefonieren; einer Audienz im Elysée-Palast nachjagen; an einer Live-Sendung bei Radio Beur teilnehmen; zwei oder drei ausländische Korrespondenten empfangen; jedes Mal protestieren, wenn ich als »Beur« tituliert werde; mich beim Rechtsanwalt erkundigen, wie es mit dem Prozess gegen den *Front National* steht, den ich wegen rassistischer Beschimpfungen gegen mich angestrengt habe; wenigstens einen Nachmittag mit meinem Bruder Titom verbringen; mit meinem Freund durch den Wald laufen; Saadia behilflich sein, die eine Recherche für *Banlieuescopies* macht; Delorme zurückrufen; Adil kontaktieren, der viele nützliche Informationen für mich hat; mindestens fünf Stunden pro Nacht schlafen; ein wenig Gymnastik betreiben und Spanisch, Englisch, Russisch, Chinesisch lernen …, für den Fall, dass ich mal vor der UN-Vollversammlung sprechen müsste! …

Nein, der Traum verlässt diese Kammer nicht, die Hoffnung reicht nicht weiter als bis an das Ende der Hauptstraße von Resteville, die Lüge wird fallen wie eine Guillotine, der Rassismus bleibt sich selbst treu … Gestern war es der Jude, heute ist es der Araber, der Migrant. Auch wenn er die lange Reise nie angetreten hat, selbst wenn er hier im berüchtigten Krankenhaus von Sarcelles geboren ist, es gibt immer etwas, das sein Vorankommen blockiert. Je mehr die Jungen diese Ablehnung spüren, desto lieber liefern sie Gründe dafür. Ein Teufelskreis: Er dreht sich und sackt immer mehr ab. Nein, ich übertreibe es nicht mit dem Pessimismus. Ich bin nur frei von Illusionen, ein wenig deprimiert. Verzweifelt? Ein Kind der Vorstädte mit brauner Gesichtsfarbe braucht so viel Mut und Ausdauer, um die Widerstände zu überwinden und es zu schaffen. Wie viele dringen vor bis zur Universität? Wie viele beenden ihr Studium? Zahlen helfen hier auch nicht weiter. Wer wird denn auf uns hören? Wer wird uns überhaupt nur ansehen? Wer wird uns als normale Menschen anerkennen, die, weil sie nichts haben, Berge versetzen können?

Wir haben einen unersättlichen Bedarf an Trost, unser Hunger nach Verständnis ist nicht zu stillen, unser Lebenswille unbändig, der Wahn ist nicht weit, unsere Geduld ist unvernünftig, unsere Wut glühend, unser Durst nach Anerkennung unlöschbar, wir wurden improvisiert, sind für das Provisorische geschaffen, wir sind die Kinder der Transitstädte, wir sind gekommen, ohne uns bei jemandem anzukündigen, wir sind zu Hunderten mit dem abendlichen Schiff eingetroffen, das wartet, bis der Mond sich in Wolken hüllt, um seine illegalen Passagiere an Land zu entlassen; wir leben hier mit fast menschlichem Antlitz, sprechen eine fast zivilisierte Sprache, mit fast französischen Gebräuchen und Manieren; wir sind hier und fragen uns, was wir hier zu suchen haben und was wir tun müssen, um bleiben zu dürfen.

Vielleicht sind wir das verfluchte Salz der Erde, das Unkraut, das dort, wo es hinfällt, von allein wächst, vielleicht sind wir hier, um kaputt zu machen, Metall zu zerbeulen und zu zerkratzen, Familienfeiern zu stören, nächtliche Ruhestörung zu begehen, Unordnung, Zweifel und Brennnesseln zu streuen? Anscheinend ähneln unsere Nächte nicht den euren, sind unsere Träume anders als eure. Unsere schleppen sich dahin wie eine kriegsmüde Armee, wie ein von der Axt verwundeter Wald, der nicht mehr weiß wohin. Sie sind zu groß für unsere geschundenen Körper, unsere furchtsamen Seelen. Sie sind trockene unfruchtbare Samenkörner, die sich in unseren Köpfen drehen und wenden, unsere kleinen imaginären Puppen zum Tanzen bringen.

Kaum sind wir geboren, wird uns bereits ein Notausgang zugewiesen, eine Schule für schwer Erziehbare, ein Leben, dessen Löcher mit Brotkrumen gestopft werden, denn bei uns wird nichts weggeworfen und wer eine Brotkruste findet, hebt sie auf, führt sie zum Mund und küsst sie, wie um dem Himmel zu danken, uns diesen Schatz geschickt zu haben. Mein Vater hat mir diese Geschichte mit dem zu küssenden Brot erzählt, doch heute stimmt sie nicht mehr ganz. In den Vororten schließen selbst die Ausgeschlossenen andere aus, lehnen die Abgelehnten andere ab, werfen selbst die Armen Reste weg. Wir sind wie alle anderen, sind uns dessen aber nicht mal bewusst. Wir sind zu sehr damit beschäftigt, den Arsch der anderen zu überwachen, dass nur ja keine Männerhand sich auf den der Tochter des Hauses legt, dass nur ja keine fremde Hand unser Leben berührt, unser jämmerliches kleines Leben mit seinen lächerlichen Festen, seinen billigen Sehnsüchten, seinen künstlichen Erinnerungen an die Heimat, als sei die Heimat von Bedeutung, sie, die die Migranten nicht zurückhalten und die Kinder der Transitstädte nicht anlocken konnte!

Ach, die Heimat! Mein Vater hatte recht, mitten in Resteville ein Haus zu bauen, das denen seines Dorfes nachgebildet war! Was für eine Provokation! Er gab sich nicht zufrieden mit ein paar Farbdrucken, ein paar ausgelüfteten Gewürzen, ein paar in Taiwan oder Singapur hergestellten Ersatzreliquien. Nein, er wollte ein richtiges Haus im Zentrum einer richtigen Stadt, die eine solche Anwesenheit aber nicht verkraften konnte. Die Leute hier haben unser Haus zerstört und daran ist mein Vater gestorben. Er war in seinem Irrsinn zu weit gegangen, einem armseligen lächelnden Irrsinn, zu dessen Komplizin er mich gemacht hatte.

Was schenkt man einem Kind, das auf das Fest wartet, und dem man sagt, es sei gar nicht sein Fest? All diese

Familien, die leiden, wenn Weihnachten wieder naht und auch ihre Kinder einen Weihnachtsbaum, Girlanden, Geschenke in buntem Packpapier fordern! Wir dürfen uns keine Hoffnungen machen, denn wir haben nicht die richtige Fresse, es ist zu schön für uns, niemand hat uns etwas versprochen oder angeboten, nicht einmal eine verbotene Frucht.

Wir sollen abhauen, woandershin gehen, wo sie Arbeitskräfte brauchen oder Frauenleiber. Sagt uns doch, wo das gebraucht wird und wir werden uns in verplombte Züge drängen, in Charterflugzeuge oder löchrige Kähne. Ein Konvoi nach Nirgendwo, der dem kleinsten Stern folgt, der eines Tages herunterkommen und unsere Seelen auffischen wird, um sie zu einem blauen Horizont zu führen, in ein Land, wo die Erde unter einem Sonnenhimmel ungeheuer groß scheint, wo sich die Bäume zu unserem Empfang niederbeugen, wo die Tiere Freudentänze aufführen, wo der Wind in Fahnenmästen und Strohhalmen singt, um die Rückkehr der verlorenen Söhne und Töchter zu feiern …

In die Heimat zurückkehren … Ein schönes Versprechen! Doch welche Heimat ist das? Mein Blut tränkt meinen Heimatboden, seine Landkarte ist mein Gesicht. Es ist nicht einmal Frankreich, es ist das Tal-im-Nirgendwo, seine Provinzen tragen die Namen meiner Kindheitserinnerungen, Spiele im Park, misstrauische Blicke der Nachbarinnen, der Ball, den ich dem kleinen David schenkte, eben der Ball, den Davids Vater zurückbrachte … Mein Vater redete von sich wie von einer alten Dattelpalme, die man auf den Balkon einer Vorortsiedlung verpflanzt hatte. Ich bin eher ein Kraut, sicher ein Unkraut, das überall wächst und das man ohne zu überlegen ausreißt. Zusammen sind wir alle eine riesige Einöde mit stachligen Gewächsen, Brennnesseln und Quecke. Eines Tages wird ein Rasenmäher über uns hinwegfegen, unsere Köpfe kahl scheren und mit dem riesigen Missverständnis unserer Existenz aufräumen.

Der kleine Bruder meines Schwagers sitzt im Gefängnis. Alle behaupten, er arbeite in der Bretagne. Fast kommen die Leute, um der Familie zu gratulieren.

Woher stammt dieser Fluch, der uns ereilt? Wie können wir dem entkommen? Müssen wir alles verraten, diesem Ort entfliehen, zu jemand anderem werden, einer ganz neuen Frau mit honigfarbener Haut, jemandem, der sich nicht einmal an seine frühere Identität erinnert? Muss man für sich selbst sterben, alles dem Vergessen überlassen, um an einem anderen Ort wiedergeboren zu werden, wo die Blicke nicht hasserfüllt sind, wo man auf die Hautfarbe pfeift, wo man nichts verlangt, weder Papiere noch Erklärungen?

Ach so ein kleiner Traum, der niemanden stören sollte, niemandem etwas wegnimmt, uns ein wenig Freude am Leben gibt! Das Vergessen ist unser Gebet. Das Vergessen jener verfluchten Partie, die bereits begonnen hatte, bevor wir auf der Welt waren, so wie auch die Partie der Kinder bereits angefangen hat, die heute mit einem kleinen zerbrochenen Stern auf der Stirn geboren werden. Das sind die wackeren Kinder der Morgendämmerung, die alleine zur Schule aufbrechen, während die Älteren von ihren nächtlichen Ausschweifungen zurückkehren in eine Wohnung, wo der Fernseher rund um die Uhr läuft; die bleichen Mitternachtskinder, die in heruntergekommenen Treppenhäusern mit toten Ratten spielen werden, bevor sie in den Armen eines zufällig aufgegabelten großen Bruders einschlafen. Warum sollen wir uns belügen und uns einbilden, eines Tages werde die Sonne für sie scheinen?

Ich muss Leila davon überzeugen abzutreiben. Ihr Lebensgefährte leistet seinen Militärdienst ab. Warum sollen wir einen Soldaten mehr liefern für die Kompanien des Elends, das große prüde Elend derer, die ihr Bedauern, ihre Sehnsüchte und Bedürfnisse hinuntergeschluckt haben, wie jene kahl rasierten Männer mit verstörten Blicken, die damals aus Nordafrika in das kriegsgeschüttelte Frankreich gekarrt wurden, um in den Bergwerken zu arbeiten, während die Schützengräben über ihnen sich mit Leichen füllten?

Wer wird sich Sorgen um uns machen? Wer wird sich die Mühe machen, unserer Generation ein Denkmal zu errichten? Der Tod kann wirklich warten und wir sind einfach zu jung, um uns weiter Geschichten vorgaukeln zu lassen. Doch wer wird sich an uns erinnern, wenn wir es nicht verstanden haben, den Geschmack für unsere Wurzeln zu bewahren, ein Stückchen Erinnerung, einen Zipfel geweihten Stoffs, mit dem wir unsere Tränen trocknen, einen Fetzen Himmel, an den wir unseren kleinen Stern über dem Flecken Erde heften können, in dem unsere Körper die letzte Ruhe finden werden? Zurzeit sind unsere Nächte traumatisch, wir taumeln zwischen Schlaflosigkeit und Albträumen hin und her. Unsere Alltagsprobleme wirken wie Berge, die sich am Horizont auftürmen.

Ich spüre, dass ich zusammenbrechen werde, ich weiß schon gar nicht mehr, was ich sage. Bin ich es noch, die da redet, oder ist es der Schatten eines anderen?

Nein, Nadia, du musst hinaus aus diesem Tunnel! Du hast kein Recht, den Boden unter den Füßen zu verlieren! Du hast noch etliche Schlachten zu gewinnen! Wach auf!

Leider hielt ich meine Augen noch nie so offen. Ich bin verdammt zu Klarsicht wie zu einer ekelhaften, unheilbaren Krankheit. Klarsicht tut weh. Man sieht die Dinge genau wie sie sind, nicht wie sie sein sollten. Ich habe genug davon, klar zu sehen, ich wünsche mir nur noch eine tiefe heilende Nachtruhe. Wenn ich am Morgen in einem anderen Land aufwachen sollte, weder in Frankreich noch Algerien, in einem anderen Bett oder in einem auf einem unbekannten Wasser treibenden Haus, wird die Klarsicht Mitleid mit mir gehabt haben. Ich werde dann in einer namenlosen Gegend im Exil leben, wo ich endlich wie alle anderen sein werde, eine Person ohne besondere Kennzeichen, mit einem gängigen Namen, der an einen Baum oder an ein Tier erinnert, mit einem Durchschnittsgesicht, einem Körper, der seine Wurzeln nicht verrät, einer Stimme ohne Akzent …

Ich bin von Geräuschen umzingelt. Vom Grund meiner Verdrossenheit steigen Stimmen auf. Sie rufen nach mir. Ich erhebe mich und falle wieder hin. Ich habe ein so starkes Bedürfnis nach Schlaf, danach, mich in einem traumlosen

Schlummer ohne Sehnsüchte zu verlieren, wie jene Kinder, die auf der Treppe plötzlich von Müdigkeit übermannt werden und die nicht mal mehr ein Erwachsener hochträgt.

Wo ist meine Heimat? Ist es die meines Vaters? Die meiner Kindheit? Habe ich ein Anrecht auf ein Vaterland? Manchmal ziehe ich meinen Ausweis hervor – nein, hier in Frankreich heißt das »*nationaler* Personalausweis«. Oben steht in Großbuchstaben· REPUBLIQUE FRANÇAISE. Ich bin eine Tochter dieser Republik. *Name, Vorname(n), Geburtsdatum, Geburtsort, Größe, besondere Kennzeichen, Wohnort, ausgestellt am, von, Unterschrift des Inhabers. Besondere Kennzeichen: keine.* Sie haben nichts angeführt. Heißt das, dass ich *nichts* bin? Nicht einmal eine »Aufständische« oder eine »zornige Beur«?

Meine Mutter hat es mir oft genug gesagt: »Du bist schreiend geboren, du hast die ganze Zeit geschimpft.« Das ist doch ein gutes Zeichen! Vielleicht wäre ich im Heimatdorf als gehorsames, resigniertes Kind zur Welt gekommen, eine nette kleine Hirtin oder eine fleißige Näherin geworden?

Doch wozu sich aufregen, wenn einem niemand zuhört? Ich werde jedoch auf keinen Fall um jeden Preis freundlich sein. Freundlich sein bedeutet gar nichts. Wir sind nicht hier, um beliebt zu sein. Wir sind nicht verrückt genug, an jeder Straßenecke Liebe und Freundschaft zu erwarten. Diese Art von Brüderlichkeit ist ein hohles Klischee. Sie erinnert mich an die Völkerfreundschaft und die Bruderparteien. Das sind immer diejenigen, die sich am ehesten bekriegen. Nein, wir wollen nur geachtet und anerkannt sein. Wir verlangen ja gar nicht das Unmögliche!

Die Franzosen sind seltsam: Sie verbringen ihre Zeit damit, Mauern zu errichten, um sich zu schützen, und wundern sich dann, wenn sie nur noch Fremde um sich herum sehen! Sie denken, die Vororte gehörten nicht mehr zu Frankreich, diese Ringe seien bereits ausgehakt und trieben in der Dritten Welt, bei den blockfreien Staaten, bei den Entwicklungsländern herum …

Ich ziehe wieder meinen nationalen Personalausweis aus der Tasche, fotokopiere ihn in größerem Format und klebe ihn an meine Wohnungstür. Die Nachbarn denken, ich hätte eine Meise. Jugendliche sprühen Graffiti darauf. So ist unser Antlitz: voll Graffiti. Notgedrungen unleserlich, wie unsere Träume, genauso zusammenhanglos und unerklärlich.

Die Nacht ist eine gute Gefährtin. Sie schützt mich vor dem bösen Blick und vor der Gewalt der anderen. Die Nacht ist mein befreites Gebiet, meine liebste Einsamkeit, meine Zuflucht. Ich habe einen leichten Schlaf und arrogante Träume. Irgendetwas in uns weint unaufhörlich, wie die feuchten Wände eines Gefängnisses: Ist es die zu flüchtige Kindheit? Sind es die Schatten unserer Vorfahren, die sich aus ihren Gräbern erheben, um zu bedauern, was sie getan haben oder nicht zu tun gewagt haben? Etwas oder jemand in mir weint unaufhörlich, doch nach außen verweigere ich mich den Tränen. Weder klagen noch lamentieren. Ich sehe den Dingen ins Gesicht und wenn es notwendig ist, brülle ich. Kein Selbstmitleid, niemals. Doch wer schluchzt dann unentwegt in mir? Kamel, der keine zwanzig geworden ist? Titom mit seinem zu einem Scheindasein herabgewürdigten Leben? Ich kann mir nicht vorstellen, dass Naïma gerade heult! Das ist wirklich nicht ihre Art. Sie hätte auch keinen Grund zum Weinen, auch wenn ihre Familie sie schon begraben hat. Das ist so traurig, dass sie lieber darüber lacht. Sollte ich dabei sein, zu einem professionellen Klageweib zu mutieren? Wie kann ich dieses Jammern einstellen, das in mir wohnt?

Ich muss aufstehen, die Lampe anknipsen, mich mit etwas anderem beschäftigen. Die Nacht hat die Nase voll von meinen Problemen! Sie hat mir ihren Mantel entzogen. Mir ist kalt. Ich fröstele. Hunger habe ich auch. Der Kühlschrank ist leer. Eine verfaulte Tomate, ein Hühnergerippe. Ich vergesse immer, vergammeltes Essen wegzuwerfen. In Wahrheit warte ich darauf, dass es ungenießbar wird, um es dann guten Gewissens in den Mülleimer werfen zu können. Immer noch diese alten Gewohnheiten. Es gibt nichts Trostloseres als einen Kühlschrank, der nur noch mit nicht essbaren Resten bestückt ist. Das erinnert mich an eine meiner Tanten im Dorf, die alles im selben Topf wieder aufbereitete, mixte und durcheinanderrührte. Ich aß nicht gerne bei ihr. Vielleicht werden wir selbst eines Tages in der Hölle so zubereitet.

Es tut gut zu fantasieren, wenn man alleine ist. Ich bin allein und meine Fantasien drehen sich im Kreis. Sollte ich dabei sein, wahnsinnig zu werden? Ich wusste nicht, dass ein Arfrerkopf Tonnen wiegen kann. Arfrer! Araber und Knoblauchfresser, alles das gleiche Gesocks! Das ist kürzer und auch noch komisch. Ich bin keine Beur, sondern eine Arfrerin. Oder Berbarin, das reimt sich auf Volltörin! Mein

Berberland ist jedoch weit weg. Da haben sie mich bestimmt schon vergessen. Ich bleibe jedoch die Tochter eines Klans, der vor Jahrhunderten auf Eselsrücken durch die Welt gereist ist und eines Tages vor Paris Halt gemacht hat; in seinen Vororten haust dieser Klan noch heute. Ihn höre ich nachts seine Feuer und Lieder neu entfachen.

Ich möchte auch einmal einen Zeittunnel benutzen, einem Pfeil in eine unwahrscheinliche Richtung folgen und mich urplötzlich im Sonnenlicht wiederfinden, einem unerträglichen weißen Fleck gegenüber, der kalt ist und brennend zugleich, bis ich nichts mehr sehe und mit dem Gesicht nach vorne in den pudrig feinen Sand falle ... Das Vergessen hinterlässt den Geschmack von Sand im Mund, die Sanftheit des Sandes, wenn er sich an die Handflächen und den Bauch schmiegt, die Unendlichkeit des Sandes, die von den Schreien der Aasgeier begleitet wird.

Ich brauche Abstand, will ein wenig allein sein, Zeit für mich haben, die Stille genießen. Ich verfranse mich, kann nicht Nein sagen, gehöre mir nicht mehr selbst. Ich will nicht aufgeben, ich brauche nur eine Atempause, bevor ich wieder in den Ring steige. Ich denke daran, wie mein Vater seinen Gefährten manchmal zurief: »Wenn wir tot sind, werden wir genug Zeit zum Schlafen haben ...« Schon damals mochte ich diesen Spruch nicht. Warum sollen wir kein Recht auf etwas Frieden auf dieser Welt haben, sondern erst, wenn wir unter der Erde sind? Eine kleine Oase voll Ruhe und Erbarmen. Was haben wir der Welt angetan, dass wir weder Sympathie noch Gnade, weder Pause noch

Bewährung verdienen? Warum sollen wir eigentlich diese Frage beantworten? Das sollen doch diejenigen tun, die uns ignorieren oder verachten, sie sollen den Mut aufbringen, zu sagen, was sie uns vorwerfen. Vielleicht sind wir ja nicht sehr fotogen. Unsere Fresse ist wie sie ist. Nicht gerade toll. Doch was können wir da schon tun? Uns eine andere zulegen? Dazu haben wir kein Recht! Und es lohnt sich ja auch gar nicht.

Uns bleibt nur der Zorn. Wir werden schnell wütend. Gestikulieren. Manchmal teilen wir Schläge aus, bevor wir welche eingesteckt haben. Wir arbeiten uns vor. Das ist normal: Uns bleibt keine Zeit zum Nachdenken, das Für und Wider abzuwägen. Wir haben es eilig. Eilig, unser Leben zu leben, geraten wir in Panik bei dem Gedanken, man könnte es uns nehmen. Notwehr. Präventivangriff. Allzeit zum Kampf bereit. Auch gegeneinander. Wir mögen uns nicht wirklich. Wir rücken zusammen, wenn es einen von uns trifft, aus einer Mischung von Solidarität und Neugier, manchmal aus Erleichterung, nicht der Betroffene zu sein, manchmal aus Befriedigung, dass es gerade den anderen erwischt hat.

Wenn wir keinen Zorn spüren können, tut uns Musik gut. Der Raï befreit uns. Ich erinnere mich an ein Konzert von Cheb Rami: Alle tanzten, sangen, stießen gegeneinander, gingen aus sich heraus. Seine Stimme schien aus jener fernen Zeit zu stammen, als unsere Vorfahren in Andalusien herrschten und die Wohltaten ihrer Weisheit und Wissenschaft bis hierher ausstrahlten … Wer waren denn damals die Barbaren, die Fanatiker?

He, Nadia, du kannst ja fantasieren, aber geh nicht zu weit! Da warten Leute mit einer Petition auf dich. Und Lahcen organisiert ganz im Ernst das Begräbnis seiner noch lebenden Tochter! ... Die sind verrückt, die Araber ... Nein, sag mir nicht, dass du jetzt auch noch rassistisch geworden bist! ... Wer schlecht über seinen eigenen Klan redet, ist kein Rassist, sondern ein Realist und damit basta. Die Bemerkung habe ich im Übrigen bereits zu hören bekommen. Ist mir doch egal! Jetzt geht es nur dringend darum, diesen Tor von seinem Vorhaben abzuhalten. Naïma lebt und ist schöner denn je. Sie hat einen anderen Weg eingeschlagen als ihre Familie. Ist das ein Grund, sie auszuschalten, und sei es auch nur symbolisch? Die Kerle sind doch behämmert! Geben sich der Lächerlichkeit preis. Vor langer Zeit hat mir mein Vater einmal die Geschichte von einem Marokkaner erzählt, der sich zum Christentum bekannt hatte. Sobald seine Familie das erfuhr, hatten sie ein feierliches Begräbnis für ihn organisiert. Das war in den Vierzigerjahren. Sie hatten ihn als doppelten Verräter angesehen: als Verräter an seinem Vaterland und an seinem Glauben. Aber Naïma hat doch niemanden verraten. Merkwürdig, dass es den Eltern nicht passt, wenn man ein besseres Leben hat als sie. Mein Vater hatte den Platz seines Vaters in der Fabrik eingenommen. Ich will den Platz von niemandem übernehmen, ich will selber Erfolg haben, es alleine schaffen, ohne jemandem etwas zu verdanken.

Die Kerle mit der Petition sind Bärtige. Schon wieder die Sache mit dem Kopftuch. Ich empfange sie nicht. Lieber laufe ich zu Lahcen. Der Arme: Seine Frau hat ihn überzeugen können, die Tochter nicht zu beerdigen. Jetzt ächzt er wie ein gelöcherter Luftballon. Er möchte nach Algerien zurück, will nicht mehr länger hier arbeiten. Er will Sack und Pack nehmen und nach Hause fahren. Die Kinder haben in der Wohnung eine Demo organisiert. Sie schwenken ihre Schulhefte und skandieren: »Wir wollen bleiben!« Er weint nicht mehr. Er muss lachen. Auch ich lache und überlasse sie dem Ausräumen und Wegräumen seiner Koffer.

Lahcen begleitet mich vor die Wohnungstür und sagt: »Wenn du gewählt wirst, kannst du dann einen Job für Driss finden? Er ist zwanzig und will als Friseur arbeiten. Was für eine Familie! Die eine ist Model und der andere will Schauspielerinnen Dauerwellen verpassen!«

»Wir werden sehen. Es ist ja noch nichts klar.«

Die Kommunisten sind nicht vertrauenswürdig, der Presse ist es egal und die Umweltschützer streiten sich untereinander. Vielleicht bin ich es ja, die arbeitslos wird …

Am Abend nach der Wahl atme ich auf: Ich bin nicht Abgeordnete geworden! Für die Umweltschützer war ich nur die Alibimigrantin. Es wirkt immer gut, eine Nordafrikanerin auf der Liste und auf den Wahlplakaten zu haben. Sie haben sich nicht wirklich um den Sieg bemüht. Haben vielleicht sogar an der Niederlage gedreht. Ich fühle mich ausgeschlossen von einer Zukunft, die ich mir im Kopf schon ausgemalt hatte, doch dieser Ausschluss tut nicht weh. Ich habe in meinem Roman zu viele Seiten auf einmal überspringen wollen und das Nachwort war zu schön, um wahr zu sein. Eine Beur im Palais-Bourbon, dem Sitz des französischen Parlaments! Ich sehe schon die Schlagzeilen vor mir! Ein anderes Mal, vielleicht wird es eine andere als ich schaffen. Ich gehe zurück auf Los. Fühle mich nicht geschlagen, nur ein wenig traurig und enttäuscht. Ich hätte meinem Vater nach seinem Tode so gerne noch dieses Geschenk gemacht!

Die Generation der Vergessenen will aus dem Schatten treten, die großen Steine hochheben, die auf ihr lasten, das Leichentuch der Verachtung abstreifen und am Baum der Ahnen rütteln. Wir wollen nicht mehr außerhalb der Stadtmauern leben, in die Vorstädte verbannt sein, wir werden nicht endlos auf dem Ufer der Erwartung von einem Bein auf das andere treten, wir geben uns nicht mehr mit Treppenhäusern, feuchten Schuppen und abrissreifen Garagen zufrieden. Wir ziehen in die Stadt mit rauchenden Köpfen, mit Wörtern im Mund, die hart wie Kieselsteine sind und mit weit aufgerissenen Augen, denn am Himmel leuchten Zeichen auf, die uns den Weg weisen.

Ich sammele alle meine Sachen auf, die alten und die neueren. Ich stopfe alles in eine riesige schwarze Tüte, eine Mülltüte aus Plastik. Zuerst die Klamotten, meine abgewetzten Jeans, meine Pullover mit Löchern im Ärmel, meine Socken mit ausgeleiertem Gummizug, die Hemden meines Vaters, die ich als Pyjamas benutzte, Marcs Mantel, den er in meinem Zimmer vergessen hatte, eine zerbrochene Sonnenbrille, eine faulige Wildlederjacke, eine verschlissene Seidenbluse, ein rotes Beret, einen Wollschal, fünf Büstenhalter, einen alten Kamm, eine halb kahle Bürste, ein indisches

Halstuch, ein palästinensischer Keffieh, eine alte Zwiebeluhr mit blockierten Zeigern, eine schwarze Fahne, ein Transparent voller Schreibfehler, einen blinden Spiegel, eine unechte Louis-Vuitton-Tasche, einen Tiroler Teddybär, einen künstlichen Blumenstrauß, einen Packen unverteilter Flugblätter, einen Stadtplan, ein vergilbtes Plakat gegen einen kommunistischen Bürgermeister, der eine marokkanische Familie des Drogenhandels beschuldigt hatte, alte Latschen, ein paar Stiefel, einen angeschlagenen Dessertteller mit einem kaum noch sichtbaren Bilderrätsel, ein Foto von David auf seinem Motorrad, Umweltschutzakten, abgelaufene Medikamente, eine Tube schwarze Schuhwichse, eine Dschellaba, eine gebrauchte Kerze, eine Flasche billiges Parfüm, mein Diplom in Wirtschaftswissenschaften, das mein Vater eingerahmt hatte, meinen Schein als Lebensretterin, mein Doktoratsexamen in Soziologie, ein Foto von einem Picknick mit Marc ... Die Mülltüte ist groß, es sieht aus, als käme man ihr nicht bis auf den Grund. Ich könnte die ganze Wohnung hineinpacken, die Tische, die Betten, die Hocker, die Spüle, den Fernseher und warum nicht mich auch noch dazu? Ich schmiege mich hinein, lasse mich auf meinem Gepäck nieder, hebe den Arm hoch, ergreife die zwei Zipfel der Tüte und knote sie von innen zu. Es ist finster, es fühlt sich weich an, ich fühle mich wohl, so auf meiner Vergangenheit hockend, ich lasse mir Zeit, es gibt nichts Dringendes mehr. Mit dem Zeigefinger bohre ich ein Loch in die Plastikwand, um Luft zu bekommen. Die Tüte ist zugeknotet und kann auf die Reise gehen. Ich fühle mich gar nicht beengt, in diesem kleinen Raum sind meine Gedanken freier denn je, ich atme tief durch, sehe im Finstern klar, sehe mich über eine Blumenwiese laufen, das Wetter ist schön, ich rufe, mein Vater hat sich hinter einem Baum versteckt, er stürzt lachend hervor, ich falle in seine Arme, die Sonne brennt heiß, der Himmel ist fast weiß; ich bin fünf Jahre alt und glücklich; wir sind unten im Heimatdorf, es ist Sommer und wir denken nicht an unser Exil, wir denken an gar nichts, ich drücke mich an meinen Vater, der mich in den Armen hält, sein Schnurrbart sticht, ich weine nicht, weiche seinem Schnurrbart aus und schlafe mit dem Kopf an seiner Schulter ein.

Nadia sitzt auf dem Balkon und lächelt, als sie die Stimme ihres Vaters so deutlich hört, als säße er neben ihr. Sie hört die Schreie der unten am Haus spielenden Kinder nicht mehr. Sie hat die Augen halb geschlossen. Sie träumt nicht. Sie lauscht den Worten ihres Vaters: »Ich bin stolz auf dich. Ich weiß doch, wie schwer es ist. Du hast getan, was du konntest. Die Niederlage an sich ist kein Problem. Wichtig ist, dass du weiterkämpfst. Keine Atempause. Keine Ruhezeit. Dort wo ich bin, tust du mir gut. Du übst Vergeltung für die ganze Familie. Doch denk' an dein Leben, an deine Zukunft. Ich mache mir nicht wirklich Sorgen um dich, ich kenne dich und weiß, dass du eine freie Frau bist. Das mag man bei uns zwar nicht gerne, doch ich habe mir immer gewünscht, dass du so wirst. Verlass dieses Land, reise, entdecke die Welt. Doch wohin du auch gehst, vergiss nie, wer du bist und woher du kommst. Eines Tages wird dich das Dorf deiner Ahnen empfangen und dir ein Fest ausrichten. Jetzt ist aber nicht die Zeit, dorthin zurückzukehren, es ist wieder Krieg ausgebrochen, ein Krieg von der schlimmsten Sorte, in dem sich Mitglieder derselben Familie gegenseitig abschlachten. Ich brauche dich nicht zu bitten, auf deinen kleinen Bruder und deine Mutter aufzupassen, ich weiß, du wirst es tun, doch denk' auch an dich ...«

Ein Ball fliegt gegen den Balkon. Nadia wischt sich über die Augen und betrachtet die Kinderbande. Es ist ein schöner Tag, der Himmel ist so blau wie in Tadmaït. Sie denkt an Marc, glaubt ihn inmitten der Kinder entdeckt zu haben. Sie braucht seine Gegenwart, muss seine Stimme hören. Sie nimmt ihm übel, dass er weggegangen ist. Seit dem Tod ihres Vaters hat sie keinen Baum mehr, an den sie sich anlehnen kann.

Der Briefbote klingelt; er bringt ein eingeschriebenes Paket. Sie unterschreibt auf Arabisch. Das scheint den Beamten zu belustigen, er hält ihr ein Blatt Papier hin und bittet sie um ein Autogramm: »Diese Schrift von rechts nach links ist so schön!«

Paris, November 1994 – September 1995.

Ich möchte Saadia meine Dankbarkeit bekunden. Sie hat mir mehr von den Früchten berichtet als von der Wut. Ich bedanke mich auch bei den Wissenschaftlern, die einen Forschungsbericht mit dem Namen »Les raisins de la galère« veröffentlicht haben. Und schließlich gilt mein Dank meinem Freund Adil Jazouli, dem Leiter von Banlieuescopies, *der mich mit diesem Teil unseres Lebens in Verbindung gebracht hat.*

T. B. J.

Tahar Ben Jelloun

Tahar Ben Jellouns Roman über das marokkanische Straflager Tazmamart und über das Menschbleiben unter menschenfeindlichen Bedingungen.

Tahar Ben Jelloun
Das Schweigen des Lichts

Ein Mann erzählt. Er heißt Salim und war Gefangener im Straflager Tazmamart im Süden Marokkos, verurteilt zu einem langsamen Sterben in Kälte, Schmutz und Angst. Im Gefängnis herrscht ewige Nacht. Um zu überleben lernt Salim, sich von den Bildern seiner Vergangenheit zu befreien, denn »sich erinnern heißt sterben«.

»Eine über neununddreißig Kapitelrunden sich vertiefende Romanmeditation über das Menschbleiben unter menschenfeindlichen Bedingungen.« *Frankfurter Allgemeine Zeitung*

Tahar Ben Jelloun

Ein Plädoyer für Toleranz gegenüber dem Islam.

Tahar Ben Jelloun
Papa, was ist der Islam?
Gespräch mit meinen Kindern

In neun Kapiteln erklärt ein Vater seiner Tochter geduldig die Geschichte des Islam: Gottes Offenbarungen an Mohammed, die anschließende Ausbreitung des neuen Glaubens, die Blütezeit islamischer Wissenschaft und Kunst während des Mittelalters, den Niedergang islamischer Kultur in der Folgezeit.

»Tahar Ben Jelloun weckt Verständnis und Faszination für den Islam, ohne mit Kritik an seinem derzeitigen Zustand zu sparen.« *Die Weltwoche*

»Schenken Sie das Buch Ihren Kindern, wenn Sie wollen, dass sie im Geiste der Toleranz und der Aufklärung erwachsen werden.« *Saarbrücker Zeitung*

Berliner Taschenbuch Verlag
Weitere Informationen: www.berlinverlage.de